# Bulbul SHARMA

# *Mes Sacrées Tantes*

**Nouvelles traduites de l'anglais (Inde)
par Mélanie Basnel**

*Éditions
Philippe Picquier*

DU MÊME AUTEUR
AUX ÉDITIONS PHILIPPE PICQUIER

*La Colère des aubergines*

Titre original : *My Sainted Aunts*

© 1992, 2006, Bulbul Sharma
   Published by arrangement with Penguin Books India
© 2007, Editions Philippe Picquier
   pour la traduction en langue française
© 2009, Editions Philippe Picquier
   pour l'édition de poche

   Mas de Vert
   B.P. 20150
   13631 Arles cedex

www.editions-picquier.fr

*En couverture* : © Nitesh Mohanty

*Conception graphique* : Picquier & Protière

*Mise en page* : Ad litteram, M.-C. Raguin – Pourrières (Var)

ISBN : 978-2-8097-0131-9
ISSN : 1251-6007

# SOMMAIRE

## LE PÈLERINAGE DE MAYADEVI

Le jour de ses soixante-huit, soixante-dix, ou soixante-quinze ans (sa date de naissance était aussi incertaine que ses humeurs), Mayadevi décida de se rendre à Londres. Toute la famille en resta stupéfaite, mais personne n'osa contester la décision de la vieille dame qui tenait cette maison avec une poigne de fer et y faisait régner la terreur. Quoi qu'elle dise ou décide, ses fils et ses brus se contentaient d'acquiescer, ayant appris au cours de longues années d'amertume que personne ne devait remettre en question les caprices de la vieille dame.

Bien que rien ne l'obligeât à se justifier auprès d'une famille aussi docile, Mayadevi tint à réunir ses fils pour leur expliquer les raisons qui la poussaient à entreprendre un tel voyage à son âge. « Je veux revoir Amit avant de mourir. » A l'âge de dix-huit ans, son fils aîné était parti étudier en Angleterre et n'avait jamais remis les pieds en Inde depuis cette date. Il écrivait à sa mère le quinze de chaque mois et lui envoyait régulièrement de l'argent, ainsi que des cadeaux aussi chers qu'inutiles, mais sa terrible phobie des voyages en avion l'empêchait de venir la voir. Après avoir atteint l'Angleterre en 1948, au terme d'un périple dont il était sorti traumatisé, il avait passé les quarante dernières années sur cette île. Il s'était rendu occasionnellement en France et en Italie, mais à chaque fois en train ou en bateau, et toujours contraint et forcé. A l'approche du mois d'octobre et de la saison de la puja, il promettait chaque année à sa mère qu'il sauterait le pas, prendrait l'avion pour Calcutta et lui rendrait visite, mais ses nerfs le lâchaient peu de temps avant le départ avec une régularité affligeante.

« Ce gamin a toujours été une lopette. Il ne pouvait pas traverser la rue s'il y avait une vache au milieu. Il avait peur des lézards et il criait à la vue d'un rat, même à quinze ans. Je veux qu'il ait honte de lui en me voyant à Londres, sur le seuil de sa porte, même si après ça je dois me laver au moins cent fois dans le Gange », affirma la vieille dame. Ses fils, convaincus qu'il s'agissait là d'une idée absurde, l'approuvèrent néanmoins d'un hochement de tête, comme ils l'avaient toujours fait depuis leur naissance.

Une fois sa décision prise, Mayadevi commença les préparatifs de son voyage avec l'énergie d'un soldat s'apprêtant à partir pour le front. Elle commença par demander un visa et un passeport, non sans force vociférations et protestations contre l'impertinence des questions que le gouvernement osait lui poser. Une fois cette étape franchie, elle nota méticuleusement son plan d'action dans un gros registre.

Puis elle décida de s'attaquer à la langue anglaise. Mayadevi n'avait jamais mis les pieds à l'école mais savait lire et écrire le bengali couramment et était bien plus cultivée que ses diplômés de fils. Elle comprenait des phrases simples en anglais et ce, sans l'avoir jamais parlé, l'occasion ne s'étant pas présentée. Elle dénicha les restes d'un manuel d'anglais élémentaire qui avait appartenu à l'un de ses petits-enfants, et chaque matin, après avoir fini sa puja, fermé sa *Gita* et l'avoir mise en lieu sûr, elle s'asseyait et étudiait ce vieux livre taché de confiture. Le foyer habituellement calme résonnait maintenant des étranges dialogues que Mayadevi lisait dans son manuel. Assise en tailleur sur le sol, elle se balançait d'avant en arrière en répétant inlassablement chaque ligne d'un ton chantant, comme une prière. Elle s'arrêtait parfois brusquement pour se poser une question : « Did Jack fetch the bucket ? » demandait-elle d'un ton accusateur, puis elle répondait : « No, Jane fetched the bucket. » Elle se levait de temps à autre, ajustait ses lunettes et arpentait la pièce, le livre appuyé contre sa poitrine, comme elle avait vu faire son petit-fils quand il s'efforçait de mémoriser un texte.

Les domestiques n'osaient s'approcher de la partie de la maison réservée aux études mais gardaient quand même un œil de ce côté-là depuis la cuisine. Ils étaient persuadés qu'elle n'apprenait l'anglais que pour mieux les terroriser. « A son âge, elle ne devrait lire que la *Gita*, et pas répéter *Jack Jack Jack* comme un perroquet », marmonnaient-ils, à l'abri dans leurs chambres, hors de portée des oreilles de la vieille dame. Le cuisinier en fut tellement troublé qu'il arrêta de trafiquer la monnaie des commissions et devint honnête, pour éviter que Mayadevi, armée de la langue anglaise, ne le découvre et le punisse. Les belles-filles trouvaient elles aussi ces leçons bien farfelues et en gloussaient dans leurs chambres, mais arboraient une mine sérieuse dès qu'elles approchaient de la pièce occupée par les leçons d'anglais. Quant à ses fils, ils se gardaient bien d'intervenir depuis qu'ils avaient été sèchement congédiés alors qu'ils essayaient de l'aider pour la prononciation. « Ça fait soixante ans que je dirige cette maison et ma vie sans votre aide ni celle de votre défunt père. Et il n'y a aucune raison pour que ça change maintenant », leur avait-elle dit, avant de les congédier d'un brutal revers de la main.

Elle persista dans son apprentissage, aidée du manuel, et non seulement le foyer s'habitua à ces sons étranges, mais les domestiques se mirent même à chantonner *Jack and Jill* tout en accomplissant leurs tâches ménagères. En seulement quelques semaines, Mayadevi avait terminé le manuel d'anglais élémentaire et s'était attaquée à des livres d'un niveau plus difficile. Elle tenait maintenant de longues conversations avec elle-même pour « aérer » ses toutes nouvelles connaissances en anglais, et les personnages du manuel élémentaire finirent par se retrouver mêlés à ceux d'*Apprenez l'anglais en 21 jours* et d'autres livres encore, ce qui donna lieu à des échanges et des rencontres pour le moins saugrenus. « Did Jane go to the grocer's shop alone ? No, Mr Smith went too. » « Mrs Smith is sitting on the bench in the garden with Jack. She is smoking a pipe. How are you, Jack ? Quite well, thank you. Where is the tramway ? » Sa voix bourdonnait sans relâche jusqu'à ce qu'elle et le reste de la maison connaissent chaque mot de chaque livre par cœur.

Trois mois avant la date du départ, Mayadevi entama la phase suivante des préparatifs pour ce que la famille avait nommé le pèlerinage à Londres, terme qu'ils n'utilisaient, bien évidemment, qu'en son absence. « Maintenant je vais porter des chaussures. » Elle chargea l'un de ses fils de lui procurer des chaussures en toile noires et six paires de chaussettes blanches. Mayadevi avait toujours marché pieds nus dans la maison et portait des chaussons pour ses rares excursions au-dehors. Les chaussons en caoutchouc bleu n° 3 lui duraient au moins cinq ans et même s'ils ne touchaient que rarement la route, ils étaient savonnés tous les jours. Mais en Angleterre ses fidèles chaussons ne suffiraient pas et, d'un air de martyre, elle força ses vieux pieds arthritiques dans sa première paire de chaussures. Tous les matins après la leçon d'anglais et tous les soirs après le dîner, la vieille dame s'entraînait à marcher chaussée de ses tout nouveaux souliers. Sa silhouette arpentait les couloirs de la maison avec la grâce d'une aigrette enlisée dans la vase, accompagnée par le couinement rythmé du caoutchouc. Elle eut rapidement des ampoules, mais continua le combat avec l'obstination d'un guerrier chevronné. Personne ne l'entendit émettre le moindre soupir. Ses fils étaient impressionnés par une telle volonté mais n'osaient pas la féliciter. Ils savaient qu'elle était allergique à toute forme de flatterie et disait toujours : « Dites-moi ce que vous voulez de moi et allez-vous-en. » Alors personne ne la flattait, et quand ils devaient lui demander quelque chose, ils ne tournaient jamais autour du pot.

Un mois avant son départ, Mayadevi écrivit à son fils pour l'informer de sa venue. Pris de panique, il lui téléphona, chose qu'il n'avait faite qu'exceptionnellement au cours de ces quarante dernières années. « Maman, s'il te plaît, ne fais pas ce voyage, c'est trop dangereux. Les avions risquent de s'écraser ! Ou d'être détournés, tu pourrais te retrouver en Libye ! Le voyage en avion, c'est ce qu'il y a de plus dangereux. Tu attends, et je te promets de venir te voir d'ici la prochaine puja », hurlait-il à l'autre bout de la ligne grésillante.

Mayadevi l'écouta patiemment avant de lui répondre : « Je serai peut-être morte d'ici là. J'ai déjà mon billet. Tu viens me chercher à l'aéroport, et seul, pas avec ta géante de femme. » Puis elle raccrocha d'un geste sec, malgré les caquètements de son fils à l'autre bout du fil. A compter de ce jour, plus aucune nouvelle n'arriva de l'autre côté de l'océan, mais la vieille dame ne s'en préoccupa pas et se plongea dans les derniers préparatifs de son pèlerinage à Londres. Elle rendit visite à chacun des membres de sa famille et leur donna en personne les détails de son voyage. Elle restait très peu de temps dans chaque maison, expliquait simplement les grandes lignes du périple en question et les raisons de son départ sans jamais accepter ne fût-ce qu'une tasse de thé ou un verre d'eau. Les membres de la famille étaient surpris non seulement par sa visite éclair, mais aussi par le fait qu'elle désire leur expliquer le pourquoi de son voyage. « La vieille mégère se ramollit, elle perd la boule », disaient-ils, secrètement ravis qu'elle ait daigné leur rendre visite.

Vint ensuite l'étape la plus importante. Un matin, la vieille dame réunit ses fils et le prêtre de la famille. Les belles-filles et les domestiques, qui n'avaient pas été conviés, se relayaient pour écouter à la porte. « Au cas où je mourrais dans ce pays (les dieux ne m'infligeraient pas une chose pareille mais il faut prévoir quand même), faites ramener mon corps immédiatement, avant qu'ils ne le contaminent. Puis assurez-vous que tous les rituels de purification soient faits comme il faut », annonça-t-elle, les yeux rivés sur le prêtre avec un air si sévère que le pauvre homme tremblait de peur, l'imaginant déjà morte, le regardant du haut des cieux. Une fois satisfaite des opérations diverses prévues pour sa dépouille, Mayadevi leur donna les détails des rites de purification qu'elle effectuerait dès son retour si, par chance, elle revenait vivante.

« Il faut faire une semaine de pénitence, nourrir les brahmanes, et la maison doit être complètement lavée avec de l'eau du Gange. Alors prenez des jours de congés, tous », ordonna-t-elle à ses fils, qui comprenaient l'importance de l'événement et hochaient vivement la tête, dans l'espoir que la réunion touche bientôt à sa fin.

Il ne restait plus qu'une semaine avant le jour du départ. Une énorme valise cabossée, un des vestiges de la dot apportée par la jeune Mayadevi lors de son mariage, fut sortie du fin fond du débarras, et elle commença à préparer ses bagages. Six saris en coton blanc, six jupons et autant de chemisiers, un pull blanc et un châle gris, un petit sac en tissu rouge dans lequel elle transportait sa *Gita* et son collier à prières, et une boîte en plastique pour son dentier. C'était tout ce qu'elle emmenait. « A part ma *Gita* et mon dentier, tout sera jeté à mon retour, alors pourquoi dépenser de l'argent inutilement ? » dit-elle. La valise fut prête cinq jours à l'avance et laissée, tel un trophée convoité, en haut des escaliers. Tous ceux qui entraient ou sortaient de la maison se prenaient les pieds dedans, mais personne n'osa s'en plaindre. Les domestiques la dépoussiéraient tous les jours et les enfants l'évitaient avec soin.

Le jour du départ arriva enfin. Mayadevi se leva avant l'aube, prit un bain et se rendit dans sa salle de prière. Elle s'agenouilla devant les dieux et murmura : « Donnez-moi la force de surmonter cette épreuve, et ne me laissez pas mourir là-bas. Je promets de vous faire faire des décorations en or à mon retour. S'il vous plaît, ramenez-moi à vous saine et sauve. » Elle resta ensuite un long moment dans cette pièce baignée des effluves d'encens. La lumière finit par percer à travers les fenêtres, et elle se leva pour aller réveiller ses fils. Un instant plus tard, la maisonnée s'agitait dans tous les sens, bien qu'il n'y ait pas grand-chose à faire. On épousseta plusieurs fois la valise et l'on obligea les enfants à toucher les pieds de leur grand-mère chaque fois qu'ils la croisaient. « Elle a tout ce qu'il lui faut ? » chuchotaient-ils, le plus bas possible, car aucun d'eux ne voulait prendre la peine d'aller vérifier. Mayadevi emballa cinq gros paquets de riz soufflé dans un torchon et emplit d'eau la gourde en plastique de son petit-fils. C'était là tout ce qu'elle allait manger au cours des douze heures suivantes, car elle refusait de manger de la nourriture qui avait été « touchée par dieu sait qui ».

La journée passa en un rien de temps, au rythme des visites d'amis et de parents venus dire au revoir à Mayadevi. Ils admiraient tous la valise et, après avoir trébuché dessus, en remarquaient la légèreté. L'avion décollait à minuit, mais Mayadevi et ses fils furent à l'aéroport quatre heures avant. Ils prirent place sur une rangée de fauteuils et décollèrent les yeux de leur montre pour les river sur l'horloge. Ils n'avaient jamais passé autant de temps en tête à tête avec leur mère, et rester assis si près d'elle n'était pas loin d'être une épreuve. Ils s'arrangèrent pour s'asseoir chacun à leur tour à côté d'elle, afin que ce ne soit pas toujours le même qui subisse la compagnie de la vieille dame. De temps à autre, Mayadevi donnait des instructions de dernière minute. Ses fils se contentaient de hocher la tête et de s'éclaircir la gorge. Le vol fut enfin annoncé. La vieille dame leva la tête et écouta attentivement. Un de ses fils fut soudain submergé par l'émotion et essaya de donner des conseils à sa mère pour le voyage, mais elle se leva calmement et rejoignit la queue des passagers qui se frayaient un chemin jusqu'au guichet d'enregistrement. Un par un, malgré leur embonpoint, ses fils se penchèrent pour lui toucher les pieds. Elle les gratifia d'un doux sourire qu'ils ne lui connaissaient pas et disparut, happée par la porte de la zone de sécurité. Les fils n'étaient pas inquiets pour leur vieille mère. Ils se demandaient seulement si l'Angleterre aurait la force de la supporter.

Il pleuvait quand l'avion atterrit à Londres. Et une bouffée d'inquiétude envahit Mayadevi qui se demandait si ses nouvelles chaussures seraient aptes à avancer sur un sol mouillé. Il faudra y arriver, se dit-elle en regardant ses belles chaussures noires, comme si elle leur ordonnait d'obéir. Elle ajusta son sari, amidonné et soigneusement plissé même après douze heures de voyage, et se prépara à descendre de l'avion. Elle avait passé la totalité du vol assise droite comme un I, et quand l'hôtesse de l'air lui avait proposé de modifier l'inclinaison de son siège pour que ce soit plus confortable, elle avait répondu : « Pourquoi je m'assiérais comme ça ?

Je ne suis pas malade », d'une voix ferme, figeant le sourire de la charmante hôtesse avant même qu'il ne se dessine. Elle ignora la vieille dame pour le reste du voyage, mais ne pouvait s'empêcher de jeter des coups d'œil à cette drôle de tête voilée de blanc chaque fois qu'elle passait à côté.

La voisine de Mayadevi avait elle aussi arrêté de lui parler avant qu'ils ne dépassent les montagnes de Hindukuch et gardait maintenant ostensiblement le visage tourné de l'autre côté. Elle avait essayé d'être gentille et serviable en montrant à la vieille dame comment attacher sa ceinture de sécurité. Mayadevi ne lui avait pas dit un mot et la jeune fille, pensant que ce mutisme était dû à la timidité et à la honte de ne pas parler anglais correctement, avait donc décidé d'être encore plus sympathique. « Tout le monde a été si gentil avec moi en Inde. Malgré la pauvreté, les gens ont le cœur sur la main », lui avait-elle dit, heureuse de pouvoir répéter le texte qu'elle allait dire et redire à son retour en Angleterre, quand Mayadevi avait ouvert la bouche pour la première fois : « Pourquoi ils seraient pas gentils ? Ils lèchent les chaussures des Blancs depuis deux cents ans, et maintenant ils ont la mauvaise habitude de boire et fumer. » La jeune fille fut choquée. Elle avait traversé le pays de long en large, avait logé dans des familles pour connaître l'« Inde authentique » et parce que les hôtels étaient trop chers ; en six mois entiers, elle n'avait jamais été confrontée à une telle grossièreté. Le temps qu'elle trouve une réponse suffisamment incisive, Mayadevi lui ordonna d'enlever son coude du bras du fauteuil. « Je veux pas que vous touchiez mon sari. » Après quoi elles restèrent assises côte à côte, séparées par un mur de glace pendant les douze heures de voyage.

Lorsque l'hôtesse leur apporta les plateaux-repas, Mayadevi secoua fermement la tête et croisa les mains sur ses genoux, la manière traditionnelle de refuser de la nourriture dans une fête bengalie, pour qu'il n'y ait pas le moindre doute. Elle observa ensuite la jeune fille manger son repas avec un tel air de dégoût que celle-ci n'eut pas la force de finir son assiette, malgré le plaisir qu'elle éprouvait à manger à l'européenne, même sous vide, après six mois de dals et de chapatis. Mayadevi prenait de temps en temps une poignée de riz soufflé et une gorgée d'eau de sa gourde en plastique. Le torchon qui renfermait le riz et la gourde avait passé le voyage serré contre elle, et quand les agents de la sécurité de l'aéroport lui avaient demandé de le passer à la machine à rayons X, elle s'y était accrochée comme une lionne à ses petits et leur avait lancé : « Touchez-le et je vous le jette à la figure ! Je vais mourir de faim pendant les douze prochaines heures, et si je meurs, vous et vos descendants porterez la culpabilité de la mort d'une vieille femme sur quatorze générations ! » Les agents de sécurité, plus habitués à gérer des terroristes que des matrones dans son genre, la laissèrent passer, armée de son ballot, sans effectuer la moindre vérification. En réalité, Mayadevi n'avait pas vraiment besoin du riz et aurait pu ne pas manger pendant de longues heures. Elle avait été habituée au jeûne dès son plus jeune âge et son estomac supportait assez bien les régimes ascétiques. Mais maintenant que l'avion était sur le point d'atterrir, il émit un grognement de protestation qui fit sursauter Mayadevi. La jeune fille entendit elle aussi les gargouillements et se laissa aller à un petit sourire de mépris. Vieille carne, j'espère qu'elle va en baver, pensa-t-elle, mais, aussitôt traversée par le remords, elle aida Mayadevi à remplir sa feuille d'atterrissage. Celle-ci ne lui souffla pas le moindre merci et se leva en trombe de son fauteuil à l'instant précis où l'avion s'arrêtait. Elle avança le long de l'allée, son ballot serré contre elle afin que personne ne puisse le contaminer, et fut la première à sortir de l'appareil. Elle ralentit ensuite le pas pour se joindre à un groupe d'Indiens qui descendaient eux aussi de l'avion. Elle les suivait de près, mais une fois arrivés au guichet de la douane, ils se joignirent à la queue tandis que Mayadevi jouait des coudes pour passer devant les autres voyageurs et se plantait fermement face au guichetier. Personne n'aurait osé demander à une femme de son âge de retourner au bout de la queue, et si jamais quelqu'un s'y risquait, Mayadevi avait déjà préparé son regard glacial. Le jeune homme blond qui tenait le guichet lui sourit gentiment, bien que ce ne fût pas dans ses habitudes de sourire à des immigrants ou à des visiteurs de quelque couleur que ce soit. En réponse à son rictus, il n'eut droit qu'au célèbre regard de poisson mort auquel une quantité inimaginable d'hommes et de femmes de Calcutta, jeunes et vieux, s'étaient soumis. Le jeune agent perdit subitement tous ses moyens sans la moindre raison et appela un interprète d'une voix tremblante qui trahissait l'urgence.

« Je parle anglais. Vous parlez anglais avec moi », annonça clairement Mayadevi.

Le jeune douanier s'éclaircit la gorge et demanda : « Combien de temps comptez-vous rester en Angleterre ? » Quand il vit que Mayadevi ne répondait pas, il répéta sa phrase en y ajoutant un « Madame ».

« Pas la peine de le dire encore et encore. Je vous réponds. Je reste dans ce pays une semaine, c'est tout. Pas un jour de plus. Vous pouvez le dire à votre reine Victoria. »

Abasourdi, le douanier tamponna son passeport d'un geste sec et se débarrassa d'elle le plus vite possible. « Ça m'étonnerait qu'on la chope

21

à bosser dans les rayons d'un Selfridges, celle-là », dit-il avec un rire nerveux qui exprimait clairement le soulagement.

Mayadevi reprit sa place derrière le groupe d'Indiens repérés à la descente de l'avion et s'assura qu'ils récupéraient sa valise et la transportaient dans leur chariot. Son fils l'attendait dehors quand elle sortit finalement de l'aéroport. Elle l'aperçut au premier coup d'œil, mais ne lui fit pas le moindre signe.

Le dentiste de soixante ans, membre émérite du Collège royal des dentistes et d'un prestigieux club de Londres, n'osa pas lever la main pour faire signe à sa mère. Elle avança doucement vers lui et, arrivée à sa hauteur, le fixa comme s'il était un parfait étranger. Le fils tituba vers l'avant et dans un mouvement incongru se baissa pour toucher les pieds de sa mère, tout en ayant l'air de refaire son lacet. Mayadevi, attentive à la moindre faute chez sa progéniture, se jeta sur lui toutes griffes dehors dès la première erreur. « Tu as honte de toucher les pieds de ta mère, maintenant, hein ? Une mère qui n'a plus beaucoup de temps à vivre et qui a quand même pris la peine de faire ce long voyage, sans manger pendant douze heures, assise avec des gens de sous-castes, juste pour voir son fils », siffla-t-elle. Amit, bien connu des cercles de dentistes pour ses traits d'esprit, était sur le point de répliquer avec des mots bien choisis, mais avant qu'il n'ait pu ouvrir la bouche, quelque chose se réveilla en lui. Les yeux posés sur ce vieux visage ridé, une ancienne peur le submergea et il ne put que bégayer un « Non, Ma... je... trop de gens... » d'une voix enfantine et geignarde. La bonne vieille hiérarchie familiale ayant repris le dessus, Mayadevi ordonna à son fils de prendre la valise et d'emmener sa mère jusque chez lui.

Mayadevi et son fils ne s'étaient pas vus depuis quarante ans, mais cela ne les empêcha pas de faire le chemin entre l'aéroport et la banlieue résidentielle, riche et arborée, dans un pesant silence. La mère ne posa pas une seule question, et le fils ne donna pas une seule explication, pensant qu'elle savait déjà tout de sa vie et la désapprouvait fermement. Arrivés devant la maison, Mayadevi sortit de la voiture d'un air méfiant, s'attendant peut-être à trouver des pièges cachés dans le jardin parfaitement entretenu. Ils franchirent le seuil avec l'enthousiasme d'un cortège funèbre, et lorsque sa femme sortit de la cuisine pour les accueillir, Amit faillit en pleurer de soulagement.

« Bienvenue en Angleterre, madame Banerjee. J'espère que votre voyage s'est bien passé. » Martha, la femme d'Amit, avait un ton enjoué. Mayadevi observa sa belle-fille, une grande femme bien charpentée, pendant de trop longues secondes, puis lui dit : « Je veux me laver les mains. Tout est trop sale. » Le visage de Martha, habituellement si calme et détendu, se décomposa un court instant sous l'effet de la surprise, mais elle fit un grand sourire et lança gaiement : « Venez voir votre chambre. Nous prendrons une tasse de thé après. J'espère que vous aimerez les nouveaux rideaux que nous avons posés pour vous. Amit ne savait pas quelle était votre couleur préférée, alors j'ai choisi le bleu. » Elle continua à bavarder, la voix pleine d'une sincère affection pour cette vieille dame qu'elle n'avait encore jamais rencontrée. Amit se cacha derrière son épouse pendant que sa mère examinait la chambre et il se ratatinait un peu plus chaque fois que Martha s'approchait un peu trop d'elle. Il savait très bien ce qui arriverait si jamais son épouse touchait Mayadevi par accident. « Vous avez froid ? Voulez-vous que j'allume le chauffage ? » Bien que frigorifiée dans son fin sari de coton, elle répondit : « Non, j'ai pas froid. Juste me laver les mains, trop sale. » Martha la guida jusqu'à la salle de bain décorée de plantes grimpantes et de tapis moelleux. Mayadevi claqua la porte sur le visage souriant de Martha et commença à se laver les mains. Elle nettoya d'abord avec soin les robinets, puis rinça le savon, qui était pourtant tout neuf, à la suite de quoi elle se lava méticuleusement les mains quatre fois de suite. Quand elle eut terminé, elle ferma les robinets à l'aide de ses coudes, pour ne pas avoir à les toucher directement. Elle sécha ses mains en les secouant, avec un regard méprisant pour les serviettes de toilette fleuries que Martha avait disposées pour elle. Puis elle sortit et chercha son fils. « Comment vais-je pouvoir me laver dans cette jungle que tu appelles une salle de bain ? Pourquoi a-t-elle mis des tapis ? Pour cacher la saleté ? vociféra-t-elle, heureuse d'avoir trouvé si vite de quoi se plaindre.

— Ma, elle va t'entendre, lui dit Amit, jetant des coups d'œil nerveux vers la porte de la cuisine, bien qu'ils discutent en bengali. Tu dois être fatiguée. Pourquoi ne viens-tu pas manger le riz que je t'ai préparé avant d'aller te coucher ? » lui dit-il, dans l'espoir qu'elle accepte sans broncher. A son étonnement, c'est ce qu'elle fit. « Si tu me dis bien la vérité et que ce n'est pas elle qui l'a fait », fut la seule résistance qu'elle opposa, sans grande conviction, avant de le suivre jusque dans la cuisine. « C'est moi qui l'ai préparé, Ma. Elle ne l'a même pas touché. Je t'assure que c'est vrai. » Il rougit quand il s'aperçut que Martha le regardait, même s'il savait pertinemment qu'elle n'avait pas compris ce qu'il venait de dire. Mais Mayadevi, pour s'assurer que le message était passé, lui lança un regard triomphant. Elle enleva son dentier et le posa sur la table avec un claquement de satisfaction avant de s'asseoir. Puis elle ingurgita bruyamment son repas, composé de riz trop cuit et d'un épais dal marron, le mâchant avec ses gencives, et une fois son assiette terminée, elle la lava consciencieusement deux fois de suite. Après l'avoir séchée en la secouant, elle la posa le plus loin possible des autres plats et couverts. Le sourire de Martha s'était effacé pour laisser place à un air confus et abattu, les yeux rivés sur les gouttes d'eau qui maculaient le sol de sa cuisine jusque-là impeccable. Mais elle ne savait pas quoi dire ou faire. Amit, assis à côté d'elle d'un air fataliste et malheureux, semblait s'attendre à des jours bien pires encore.

Satisfaite de la tournure que les événements avaient prise jusque-là, Mayadevi les laissa seuls et rejoignit sa chambre. Elle enleva le dessus-de-lit, l'étala par terre, dit ses prières, puis s'endormit en un rien de temps. Elle se réveilla au beau milieu de la nuit et s'assit droite comme un I. La lumière grisâtre des lampadaires s'infiltrait par la fenêtre, et elle n'avait jamais vu un ciel aussi clair. Calcutta semblait être si loin. « Seigneur, pardonne-moi. Je reviens bientôt », souffla Mayadevi, traversée par un sentiment de solitude pour la première fois de sa longue vie.

Le jour suivant fut en tout point similaire au précédent, si ce n'est que Mayadevi cuisina pour elle et Amit. Il se sentait coupable de ne pas manger avec Martha, mais les « Ah ! Esclave de sa femme ! » jetés par sa mère et le fumet des bons petits plats oubliés le contraignaient à s'asseoir et à manger tous les soirs, en rentrant du travail, avec Mayadevi. Martha ne se plaignait pas, et il n'osait pas lui demander ce qu'elles faisaient de leurs journées. Il devina rapidement la réponse en remarquant les traits contrariés et tristes qui marquaient le visage d'habitude si souriant de sa femme. Comme deux boxeurs coincés sur le ring, Martha et Mayadevi allaient et venaient dans la maison, s'évitant soigneusement, tout en gardant un œil sur les faits et gestes de l'autre. La vieille dame écouta sa belle-fille faire le ménage, puis sortit de sa chambre sur la pointe des pieds pour aller inspecter la maison et trouver la faille. Elle ouvrit les placards, scruta le sol sous les lits, passa son doigt sur les vitres. Elle n'y trouva pas la moindre trace de poussière ou de toiles d'araignées comme celles qu'elle découvrait lors de son inspection hebdomadaire à Calcutta. Enervée et submergée par l'ennui, elle s'enferma dans sa chambre ainsi que dans un mutisme borné. Martha essaya plusieurs fois d'engager la conversation, mais se heurta chaque fois à un mur de silence. Mayadevi fermait les yeux et prétendait prier dès que sa belle-fille jetait un coup d'œil dans la pièce. Elle refusait de sortir pour aller faire les magasins, regarder la télévision ou boire le thé, et Martha n'avait pas d'autres idées qui auraient pu tirer la vieille dame hors de sa chambre.

Les six jours de tension arrivèrent doucement à leur fin, et Mayadevi fit ses bagages avec un plaisir intense. « Merci, Seigneur, ce voyage est enfin terminé », murmura-t-elle. Le dernier jour de son séjour étant un samedi, Amit avait pris un congé. Il espérait qu'une urgence quelconque le rappellerait à la clinique, mais il savait très bien que c'était idiot et qu'aucun dentiste n'avait jamais eu à gérer de crises de molaires cassées ou de caries soudaines au cours de sa carrière. Il décida d'affronter courageusement la situation et d'emmener sa mère dans les magasins. Martha, dont la bonne humeur subsistait malgré tout, proposa de les accompagner, mais Amit lui répondit courageusement : « Non, repose-toi, ma chérie, je l'emmène », comme s'il se préparait à affronter un terrible dragon. Martha insista quand même pour venir et lui apporter son soutien. Ils allèrent jusqu'au centre commercial en voiture, Mayadevi assise à l'arrière, méprisant tous les commentaires et tous les efforts déployés pour lui faire apprécier les paysages londoniens. Arrivés face au bâtiment étincelant, la lutte commença sur le parking. Mayadevi refusait de sortir de la voiture.

« Pourquoi je dois aller dans ce grand magasin ? Je veux acheter quoi ici ? » demanda-t-elle à son fils, les yeux braqués sur lui. Amit fixait désespérément les dix étages du magasin regorgeant des meilleurs articles au monde, mais il n'arrivait pas à en trouver un seul que sa mère voudrait acheter. « Eh bien, maintenant que nous sommes ici, entrons. Tu pourras toujours raconter ce que tu y as vu à ton retour en Inde », lui dit-il avec un sourire crispé, comme s'il s'adressait à un enfant. Mayadevi renifla avec cet air hautain qu'elle seule pouvait avoir. Mais maintenant qu'elle avait protesté, elle descendit brusquement de la voiture. Ils entrèrent dans le magasin, après une courte pause pour se battre contre l'escalator, où le sari de Mayadevi se coinça entre deux marches et, persuadée que c'était Amit qui le piétinait, elle le réprimanda vertement. Ils la dégagèrent et avancèrent droit vers le monde magique du rayon cadeaux, cosmétiques, parfums et lingerie.

Mayadevi se figea. Elle se sentit comme touchée par la foudre. Au cours de ses soixante-quinze années d'existence, elle n'avait jamais vu un endroit pareil. Des centaines de lumières brillaient partout où elle regardait. Des miroirs éblouissants et aveuglants, aussi grands que des arbres, et des murs ornés de lampes dorées. Une quantité incroyable d'objets colorés et mystérieux qu'elle ne connaissait pas étaient disposés sur toutes les surfaces vitrées. Des entrelacements de soie et de dentelle s'amoncelaient sur des étagères en verre et bien qu'ils soient bizarrement rebondis, Mayadevi, qui comme beaucoup de femmes de son âge n'avait jamais porté de sous-vêtements, pensa qu'il s'agissait là des plus belles décorations qu'elle ait jamais vues. Elle sentait les parfums subtils qui s'échappaient des précieux flacons de potion magique. Il y avait des bijoux aussi gros que des œufs dans des boîtes où scintillaient l'or et l'argent. Elle se crut montée au paradis ; la seule ombre au tableau, c'étaient tous ces gens. Il devrait y avoir nos dieux et nos déesses dans ce paradis, pas tous ces humains pâlichons, se dit-elle, sans faire le moindre mouvement, au cas où tout cela ne serait qu'un rêve. Sa belle-fille comprit rapidement ce qui se passait dans la tête de la vieille dame. Elle la prit par le bras et la guida dans le dédale des rayons du magasin, ces étagères débordantes de marchandises colorées. Pour la première fois, Mayadevi ne repoussa pas la main de Martha et la suivit docilement, la prenant pour une hôtesse céleste venue la guider au paradis.

« Je crois que nous devrions lui acheter un joli pull-over bien chaud, Amit », souffla Martha à l'intention de son mari, qui n'avait pas encore remarqué les changements survenus chez sa mère. Ils allèrent jusqu'au rayon des vêtements pour femmes et Martha trouva un cardigan bleu clair. « Non, non, que du blanc », lui souffla Mayadevi, toujours en transe. Martha trouva rapidement un gros pull blanc et une étole, blanche également, pour l'accompagner. Un grand sourire sur le visage, elle les tendit à la vieille dame. Mais ce cadeau fut pour Mayadevi un choc bien plus grand que celui de la découverte de ce Pays des Merveilles qu'était le magasin. Son défunt mari, ses nombreux enfants et ses innombrables cousins, tantes, neveux lui avaient toujours donné ce qu'elle leur demandait, mais personne ne lui avait jamais offert de cadeau. Ses yeux durs, peu habitués à pleurer, se remplirent soudainement de larmes, et à travers ce brouillard, elle prit la main de Martha dans la sienne et la serra, comme elle l'avait vu faire dans ses livres d'anglais. « Gentille fille, très bien, merci », dit-elle en l'abreuvant de toutes les politesses qu'elle connaissait en anglais.

Le temps qu'ils arrivent à la maison, Mayadevi avait repris son calme et séché ses yeux. Elle était redevenue la même, si ce n'est un vague changement dans son attitude. Elle n'allait pas jusqu'à sourire, mais son regard n'était plus aussi dur, et elle appelait Martha par son nom. Le lendemain, avant qu'elle ne parte pour l'aéroport, Mayadevi laissa sa belle-fille lui faire du thé, et bien qu'elle ne lui dise pas le moindre merci, Martha ne pouvait imaginer la preuve de reconnaissance que cela représentait de la part de la vieille dame. Le voyage jusqu'à l'aéroport fut tout aussi silencieux qu'à son arrivée, mais cette fois-ci, plus aucune tension ne planait. Quand arriva pour Mayadevi le moment de partir, elle prit la main de Martha dans la sienne, et la tapota en lui disant : « Quand je meurs, vous venez à Calcutta, pour les funérailles. Tant pis pour mon fils. Vous venez. » Puis, après s'être assurée que son fils lui embrassait correctement les pieds, elle se dirigea vers la zone d'embarquement. Elle ne se retourna pas pour leur faire signe, même si elle savait qu'elle n'aurait sans doute pas l'occasion de revoir son fils. Elle était satisfaite d'avoir accompli son devoir et avait déjà hâte de commencer son année de pénitence, de purification et de rituels de sacrifice qu'elle devrait accomplir pour laver tous les péchés de son pèlerinage à Londres.

## L'ATTERRISSAGE À BISHTUPUR

Pour comprendre les raisons qui ont amené Neelima à faire un atterrissage en catastrophe dans le village de son mari, un beau matin de 1939, il nous faut revenir dix ans en arrière, quand la jeune fille n'avait encore que sept ans. Elle n'était pas des plus brillantes, avait de bien piètres résultats scolaires, et se plaignait amèrement de devoir recevoir une quelconque éducation. Son père, un homme cultivé et fier de son point de vue moderne sur l'émancipation des femmes, était atterré d'avoir engendré une fille qui se complaisait à tel point dans l'ignorance. « Mère n'est jamais allée à l'école, et mes tantes et mes cousines non plus, et elles sont toutes très heureuses, pourquoi devrais-je être la seule à subir cet enfer et à apprendre par cœur des centaines de verbes irréguliers et des tables de multiplication? » Neelima se lamentait ainsi tous les matins auprès de son père avant d'être envoyée de force à l'école. Il ne fallait pas moins de trois personnes pour la sortir de la maison et la traîner jusque-là. La domestique la tirait par la main, le jeune serviteur portait son sac et aidait la domestique en poussant Neelima quand celle-ci trépignait de colère. Pendant qu'ils avançaient d'un pas pour reculer de deux, le chauffeur amadouait Neelima à l'aide de sucreries et de promesses de paysages merveilleux sur le chemin de l'école. Une fois arrivée devant le portail de l'établissement, la fillette se plantait sur ses pieds et refusait d'avancer avec l'obstination d'un vieux canasson. La domestique devait alors la tirer des deux mains et la traîner jusqu'à sa classe. Les mollets boudinés traînant dans la poussière et les tresses volant au vent, la fillette de sept ans entrait chaque matin dans la prestigieuse école pour filles en abandonnant au portail tout ce qu'il pouvait lui rester de dignité. Les professeurs avaient bien proposé leur aide, mais vu que son comportement était bien plus calme une fois la procession terminée, ils la laissaient faire sa quotidienne entrée théâtrale.

Neelima était une élève médiocre et réussissait toujours de justesse les examens annuels, ce qui ne l'empêchait pas de remporter chaque année le prix décerné à l'élève la mieux portante. Il y avait bien d'autres fillettes aux joues roses et rebondies dans l'école, mais comme le père de Neelima était le plus généreux donateur de l'établissement, le prix revenait systématiquement à sa fille. Cette récompense, au lieu d'encourager la fillette à apprécier l'école, la rendait encore plus triste, et à l'approche de la cérémonie de remise des prix son arrivée à l'école devenait vraiment laborieuse. La domestique, le jeune serviteur et le chauffeur devaient se faire aider du concierge de l'école, et à eux quatre, soufflant et haletant, ils tiraient la fillette dodue hors de la voiture et la poussaient dans sa classe.

Ce jour-là, les professeurs demandaient que Neelima arrive une heure plus tôt, afin que la bataille soit terminée avant l'arrivée des invités. Les prix étaient distribués par l'épouse du percepteur local, et cette femme éveillait une peur incommensurable dans le cœur déjà passablement perturbé de Neelima. Pendant des semaines avant et après la cérémonie, elle se réveillait en hurlant à cause de l'épouse du percepteur qui apparaissait régulièrement dans ses rêves ; au milieu de son visage monstrueusement énorme, sa bouche laissait voir des dents acérées comme celles d'un loup-garou et elle hochait la tête avec violence. La dame en question, une Anglaise, en dépit de son apparence redoutable, était d'un tempérament doux et portait un grand intérêt à l'école. Elle avait un mot gentil pour chacune des fillettes, « pour les mettre à l'aise et les encourager ». Mais quand arrivait son tour, Neelima tremblait tant et la regardait avec un air si terrorisé que la dame lui donnait son prix sans un mot et passait rapidement à l'élève suivante, en se demandant à chaque fois pourquoi l'école avait désigné cette enfant si pâle et si nerveuse comme la mieux portante. « On ne sait jamais vraiment ce que pensent ces autochtones », disait-elle à ses amis en privé. Ce qui n'était pas faux car elle aurait été pour le moins surprise par les pensées sombres et violentes qui traversaient l'esprit de Neelima au cours de ce bref épisode de distribution des prix. La cérémonie annuelle la terrifiait à tel point qu'elle en resta traumatisée toute sa vie, et aujourd'hui encore, devenue une vieille femme, elle tremble à la seule pensée de ces jours terribles, bien qu'elle ait depuis traversé des événements plus terribles encore, comme, par exemple, l'atterrissage en catastrophe dans le village de Bishtupur. Mais revenons-en à l'école. Neelima continua à lutter contre son éducation, et petit à petit, pas à pas, elle réussit à vaincre son père. La situation atteignit son paroxysme quand la domestique, devenue vieille et fragile, se rebella. Elle refusa tout net de continuer à traîner Neelima, devenue une jeune fille de seize ans bien en chair, jusqu'à l'école, où celle-ci remportait toujours le prix de la mieux portante.

« Engagez une femme plus jeune. Je vous ai servis pendant des années, mais je ne suis plus aussi vigoureuse qu'autrefois. Neelima, Dieu la bénisse, est forte comme un taureau maintenant, et je n'ai plus la force de lutter contre elle. »

Les femmes de la maison étaient toutes du côté de Neelima car elles non plus ne voyaient pas l'intérêt qu'il pouvait y avoir à instruire les femmes. « Qu'a-t-elle appris pendant toutes ces années ? Elle ne sait ni broder un mouchoir, ni chanter correctement, ni préparer un poisson, ni même verser du lait bouillant sans en renverser la moitié. Elle ne sait que lire et écrire quelques mots d'anglais. Laissons-la à la maison, nous pourrons ainsi avoir des matins plus calmes. » Son père l'autorisa finalement à rester à la maison. C'est donc une Neelima souriante qui quitta l'école juste avant le baccalauréat. « Maintenant tu peux me trouver un mari », déclara-t-elle, ravie d'être arrivée à ses fins, mais inquiète que son père change d'avis au dernier moment. Le père, reconnu dans sa communauté comme quelqu'un d'ouvert et de moderne, était très embarrassé par l'insistance de sa fille à vouloir être mariée au plus vite. « Attends encore un peu. Que vont dire les gens ? Je viens juste de publier un article sur la tragédie des mariages d'enfants. Que vont penser mes lecteurs ? » geignait-il. Mais Neelima, persuadée que son père envisageait de l'instruire de force à la maison en faisant appel à des professeurs particuliers, persistait dans sa demande. Et comme, une fois encore, toutes les femmes de la maison la soutenaient, en particulier la vieille domestique, plus fatiguée par l'éducation de Neelima que la jeune fille elle-même, le père n'eut d'autre choix que de céder à sa demande.

Déçu, il se mit discrètement en quête d'un mari pour sa fille. Neelima n'était pas seulement une riche héritière, elle était également très jolie, et tout le monde savait qu'elle avait remporté le prix de la mieux portante pendant toute sa scolarité. Rapidement, la maison fut envahie par des mères dont les fils étaient en âge de se marier. Pendant que la mère de Neelima occupait ces dames avec une profusion de douceurs et de gâteaux faits maison, son père, en homme consciencieux, congédiait un à un les jeunes gens dont aucun ne correspondait à ses exigences. « Le garçon doit être grand, parce que ma fille ne mesure qu'un mètre quarante et je ne veux pas que mes petits-enfants soient des nains. Il ne doit pas avoir la peau trop claire, ce genre de personne a toujours l'estomac trop fragile et plein de boutons. Il ne faut pas qu'il soit trop riche, sinon il va passer son temps au tribunal à régler des affaires de famille. Et surtout, il doit avoir un diplôme universitaire et être capable d'éduquer ma fille, qui est presque illettrée », expliquait-il à chacun des candidats ou à leur mère. Les femmes de la maison se moquaient de lui et disaient :

« Pourquoi ne pas aussi demander à ce qu'il descende des cieux sur un chariot doré ? Tu penses vraiment qu'elle existe, ta perle rare ? » Mais, aussi surprenant que cela puisse paraître, la perle rare existait bel et bien, et fut découverte par le père de Neelima après un an et six mois de recherches acharnées. Debashish mesurait un mètre quatre-vingts ; sa peau avait la couleur du blé mûr ; son défunt père avait été directeur d'une école de village ; et le jeune homme était si brillant qu'il avait décroché une bourse pour poursuivre ses études et était maintenant professeur dans un lycée renommé. Qui plus est, il était spécialisé dans l'éducation des femmes et avait déjà publié plusieurs articles sur le sujet. Le père de Neelima, qui avait peine à y croire, écrivit à deux reprises pour vérifier les faits. Une fois qu'il fut certain que tout était vrai, il commença à se détendre et à s'enorgueillir d'avoir su dénicher un tel garçon. Les femmes de la maison, à présent silencieuses, écoutaient avec émerveillement le futur beau-père énumérer les qualités du prodigieux jeune homme.

Une date fut fixée pour que le prétendant puisse venir voir Neelima, bien qu'il n'en ait pas exprimé le souhait. Le père de Neelima insista, pour prouver une fois de plus son attachement aux idées modernes, malgré l'obstination de sa fille à les contrarier. Toute la maisonnée commença à préparer la visite avec faste mais Neelima, jusque-là très heureuse de la tournure que prenaient les événements, se montrait de plus en plus hésitante et la femme du percepteur refit son apparition dans ses rêves. Elle se mit à arpenter nerveusement la maison pour dépoussiérer le bric-à-brac qui l'encombrait, suivie par une armée de domestiques tout aussi nerveux, dont la mission consistait à s'assurer qu'elle ne brise pas malencontreusement un bibelot de valeur. Le rendez-vous, ou la visite, devait se dérouler dans une grande pièce sombre appelée baithak ghar, le salon officiel dans lequel aucun membre de la famille n'était autorisé à venir se prélasser. De fait, la pièce dégageait une forte odeur de naphtaline qui, mélangée aux faibles mais inévitables effluves provenant des cadavres de souris qui pourrissaient dans des coins inaccessibles, produisait un capiteux arôme de moisi. Les domestiques avaient essayé de camoufler l'odeur en allumant des bâtonnets d'encens derrière tous les tableaux et les canapés. Quand le garçon et ses oncles pénétrèrent un par un dans la pièce, en file indienne, ils furent assaillis par cette étrange odeur, mais Debashish en fut tellement surpris qu'il fut pris d'une crise d'éternuements. Les deux familles attendirent chacune à un bout de la pièce, retenant leur souffle. Il était impossible de commencer les présentations tant que le garçon n'avait pas terminé. Mais les éternuements ne semblaient pas vouloir prendre fin, et plus il respirait l'air vicié de la pièce, plus ceux-ci redoublaient de violence. Malgré sa grande ouverture d'esprit, le père de Neelima commençait à se demander si ce merveilleux garçon, grand, pauvre et instruit, qu'il avait mis tant de temps à trouver, n'avait pas le mauvais œil. Il démarra rapidement les présentations et se lança dans un discours fleuri mémorisé pour l'occasion. L'autre famille, ravie que le silence soit brisé par autre chose que les ébrouements du jeune homme, se répandit à son tour en compliments, avec pour bruit de fond les violents éternuements de Debashish. Ignorant totalement le garçon, les deux familles échangèrent des sourires et se congratulèrent mutuellement.

Une par une, les cousines de Neelima se faufilèrent dans la pièce pour examiner le postulant, et en dépit de ses yeux rouges et larmoyants, de son nez qui coulait, elles le trouvèrent tout de suite sympathique et rapportèrent des avis positifs à Neelima. Debashish fut quant à lui affolé lorsqu'il vit ces filles minuscules à moitié cachées derrière le canapé. Pris de panique, il se demandait s'il n'allait pas être marié à une naine ou si sa future femme n'allait pas lui être amenée dans un landau. Mais quand Neelima pénétra enfin dans la salle sombre comme un rayon de soleil après une averse, Debashish poussa un soupir de soulagement et ses éternuements cessèrent miraculeusement. Neelima tendit son cou et leva les yeux, et après avoir plongé son regard dans celui, rouge et humide, du jeune homme, le malaise qu'elle ressentait, identique à celui de la cérémonie de remise des prix, s'évanouit en un instant. Ses genoux ne tremblaient plus et ses mains n'essayaient plus de nettoyer frénétiquement tout ce qui était à leur portée.

Ils furent mariés avec faste un mois plus tard, et tout le monde fit la remarque qu'ils formaient un bien joli couple, le grand jeune homme au teint mat et la petite jeune fille à la peau claire. Neelima était enfin heureuse. Elle avait échappé pour toujours à l'école et à la femme du percepteur. Elle s'installa avec bonheur dans leur nouvelle maison. Elle tenta d'apprendre à cuisiner mais abandonna au bout d'une semaine, au grand soulagement de Debashish. Elle essaya ensuite de pratiquer le chant pendant quelque temps, mais dès qu'elle eut fini sa première composition, tous les voisins se pressèrent sous le porche pour lui demander si son mari la battait et si elle avait besoin d'aide. Elle commençait tout juste à savoir se servir de la nouvelle machine à coudre quand l'oncle de Debashish vint leur dire qu'ils devraient aller au village pour que Neelima rencontre le reste de sa belle-famille. Elle ressentit aussitôt de l'appréhension. « Et si jamais ils me gardent là-bas et m'envoient à l'école du village ? » Après tout, le père de Debashish avait été directeur de l'école. Mais Debashish lui assura que cela n'arriverait pas. « Aucune des femmes de ma famille n'est jamais allée à l'école, alors ils ne vont pas y envoyer une jeune mariée. J'ai essayé pendant des années, mais elles ne savent même pas écrire leur nom. Ils veulent juste te voir. Depuis que mes parents sont morts, les anciens du village sont comme une famille pour moi, et je veux leur présenter ma femme. »

Le voyage jusqu'au village, situé quelque part après Khulna, devait prendre au moins deux jours, et Neelima, qui n'avait encore jamais voyagé seule, se lança avec enthousiasme dans les préparatifs de son premier périple de jeune épousée. Elle prit la plus grande malle et décida d'y mettre tous ses nouveaux vêtements, qui étaient au nombre d'une centaine, ses coffrets débordant de bijoux et tous les cadeaux de valeur qu'elle avait reçus. Après avoir fourré les vêtements dans la malle, elle les recouvrit avec des édredons en velours, y déposa la toute nouvelle machine à coudre qu'elle était pressée d'essayer, une grande horloge murale, deux abat-jour et un cacatoès empaillé. Elle décida d'emporter aussi toutes ses poupées, amenées chez son mari avec son impressionnante dot, et les allongea les unes à côté des autres comme autant de cadavres dans la malle déjà pleine à craquer. Debashish resta bouche bée quand sa femme lui montra fièrement ses bagages. « Comment as-tu fait pour y faire entrer cet oiseau empaillé ? » fut tout ce qu'il put dire.

Pendant les jours qui suivirent, il défit progressivement les bagages, tout en essuyant les larmes de sa femme et en la consolant à chaque fois qu'il sortait un objet inutile de la malle. Il ne resta finalement que quelques vêtements et quelques vieux jouets. C'est alors que Neelima reprit ses bonnes vieilles habitudes. Plus entêtée et bornée que jamais, elle insista pour emmener trois vieilles poupées qui, quand on en remontait le mécanisme, chantaient et dansaient. Ces poupées anglaises d'un prix exorbitant étaient ses préférées parmi tous les cadeaux avec lesquels son père avait essayé de la soudoyer pour qu'elle aille à l'école, et elle refusait catégoriquement de les abandonner. Son mari ne voulant pas se disputer avec sa femme d'à peine dix-huit ans, il la laissa emporter ses poupées.

Ils partirent le lendemain soir, par le train, avec un oncle et deux tantes veuves surgis de nulle part au dernier moment. Le père de Neelima aurait aimé envoyer des domestiques avec eux, mais Debashish lui dit que la hutte du village ne serait pas assez grande pour accueillir autant de personnes et ajouta que Neelima devait apprendre à se débrouiller seule et à vivre comme les gens du village. Le beau-père fut très impressionné et se hâta de rapporter les paroles de son gendre à tous ses amis. Il n'osa pas se rendre à la gare, mais demanda au chef de gare de les aider. Ignorant l'aide discrète qui leur était fournie, Debashish fut étonné de la facilité avec laquelle ils purent s'installer dans un compartiment libre. Les tantes étalèrent immédiatement leurs couvertures sur les banquettes. Neelima dut enlever tous ses bijoux, que les tantes enveloppèrent dans un balluchon fait de vieux torchons sales. Elles se disputèrent ensuite le droit de garder le balluchon sous leur oreiller, et c'est la plus jeune des deux tantes qui remporta le privilège de dormir sur le précieux paquet. Le train quitta le tumulte de la gare et après un long soupir, s'élança à travers la nuit. Au moment même où Neelima était sur le point de s'endormir, une des tantes laissa échapper un cri étouffé et murmura : « Il y a quelqu'un caché ici. J'entends chanter. C'est un piège pour nous détrousser. » Tous se redressèrent sur les banquettes et tendirent l'oreille. Un léger tintement musical s'échappait de sous la banquette. Les poupées, entassées au fond de la malle, étaient bringuebalées par les cahots du train. Leur mécanisme avait dû être déclenché par un virage particulièrement violent, et elles s'étaient mises à danser et à chanter bruyamment sous les vêtements contenus dans la malle. Neelima trouva l'incident très drôle, mais à la vue de la mine courroucée de ses compagnons de voyage, elle baissa la tête et ne dit rien.

Ils arrivèrent à Khulna après une nuit agitée, juste à temps pour prendre le ferry à vapeur qui devait les amener sur l'autre rive du fleuve Rupsha. Neelima n'avait encore jamais vu une rivière aussi large. Ses eaux épaisses et boueuses s'étendaient plus loin que ne pouvait porter son regard, et quand ils atteignirent en crachotant le milieu du fleuve, il lui sembla soudain qu'il n'y avait plus la moindre terre en vue. La traversée dura plus d'une heure, et pendant tout ce temps, la plus jeune des tantes ne quitta pas Neelima des yeux, au cas où celle-ci leur réserverait une autre de ses malheureuses surprises. Elle lui demanda à plusieurs reprises de se couvrir le visage, mais Neelima ne voulait pas rater une miette de ce qu'elle découvrait et prétendit ne rien entendre. Elle en arriva à ne plus du tout écouter ce qui se disait autour d'elle et oublia même où elle était. Elle fixait l'étendue d'eau infinie, se demandant à quelle distance l'océan pouvait bien être. Et si le bateau se perdait et était emporté jusqu'à la mer ? pensa-t-elle avec son pessimisme habituel. Elle se pencha sur la rambarde pour essayer de voir la mer au loin et faillit tomber par-dessus bord. « Dis-lui de s'asseoir et de rester tranquille », ordonna la vieille tante, et Debashish n'eut d'autre choix que de demander à son épouse de se tenir tranquille. Il essaya de lui enseigner certaines choses sur l'océan, mais Neelima se contenta de détourner la tête.

Lorsqu'ils arrivèrent à Jatrapur, le nouveau sari de Neelima était tout froissé, ses cheveux en désordre et ses joues striées de traînées de suie. Mais ses yeux brillaient d'envie à l'idée de toutes les choses qu'il lui restait à découvrir pendant la suite du voyage et elle ne cessait de poser des questions sur la rivière, auxquelles les tantes répondirent en lui disant seulement de se tenir tranquille et de se couvrir le visage comme une bonne épouse. A Jatrapur, ils montèrent dans un train qui devait leur faire traverser les terres pour atteindre une autre rivière. Alors qu'ils prenaient place dans le petit train, Neelima eut l'impression que son voyage se transformait en une aventure merveilleuse dans laquelle le héros devait traverser sept rivières et huit pays pour trouver le précieux trésor caché. Le train roulait doucement à travers un paysage de rizières d'un vert émeraude apaisant. Des cocotiers poussaient en une haie dense le long des rails. On apercevait de temps à autre une petite maison de village rapidement dissimulée par la multitude d'arbres. Neelima vit une femme qui courait après une petite fille, et quand le train les dépassa, elle vit qu'elle avait rattrapé la fillette en la tirant par les tresses. Elle commençait à avoir le mal du pays et aurait bien voulu être accompagnée par sa mère et ses propres tantes, et non pas par ces gens qui lui jetaient des regards désapprobateurs et ne cessaient de lui dire de couvrir son visage et de se tenir tranquille.

Le train s'arrêta à Monihat, et le groupe, tout aussi décoiffé que Neelima, mais dépourvu de son enthousiasme, descendit dans la petite gare. Ils marchèrent d'un pas fatigué le long de la rivière, et après un court marchandage mené sans grande conviction, louèrent deux bateaux pour atteindre leur destination finale : Bishtupur. Cette rivière-ci était étroite et tortueuse, et ses eaux d'un vert cristallin étaient couvertes de fleurs. Quand Neelima courut vers l'eau, les tantes, épuisées, ne prirent même pas la peine de la réprimander. Elle fut la première à sauter d'un pas vif sur l'embarcation, la faisant dangereuse-ment pencher d'un côté, et se laissa tomber lour-dement sur le banc du milieu. Ce fut ensuite le tour des autres passagers, et bien que le bateau ne fût prévu que pour six, dix personnes et un bouc y embarquèrent. Le passeur jeta un coup d'œil à Neelima, puis cracha du jus de bétel avant de déclarer : « La mariée est trop lourde. Tous les autres doivent se mettre de l'autre côté. » Cette remarque eut un effet immédiat sur Neelima, et elle perdit d'un seul coup tout l'en-thousiasme qui l'avait jusque-là accompagnée. Elle était maintenant seule d'un côté du bateau et fixait le passeur d'un air renfrogné.

La rivière était recouverte d'un épais tapis de jacinthes d'eau à travers lequel le passeur devait se frayer un chemin. Ils avançaient par à-coups, centimètre par centimètre, et Neelima entendait le passeur pousser des grognements d'effort. L'eau semblait fraîche et des nénuphars s'épanouissaient dans les espaces libres entre les feuilles de jacinthes d'eau. Un oiseau blanc suivait le bateau, il poussait des cris aigus juste au-dessus de leurs têtes et descendait parfois en piqué pour voir de plus près ce qu'ils transportaient. Brusquement, il fondit sur la barque, donna un violent coup de bec sur la tête du bouc et s'envola aussitôt. « Où est le balluchon ? s'écria la plus âgée des deux tantes. Faites attention à ce que cet oiseau ne le vole pas », dit-elle d'un air inquiet à la vue des étonnantes capacités de l'oiseau. Neelima n'osait pas bouger la tête, de peur que le volatile ne s'attaque à elle, et restait assise, bien droite, sur le bord du bateau. Elle sentait ses anciennes peurs l'assaillir, et pour ne pas y penser, laissa ses doigts caresser l'eau. Le passeur, qui ne l'avait pas quittée des yeux, lui lança d'un ton sec : « Enlevez votre main de là ! Il y a des crocodiles dans la rivière. » Terrorisée, Neelima eut un soubresaut qui fit tanguer le bateau comme s'il était pris dans un raz-de-marée.

Le paysage magnifique qu'elle avait sous les yeux se transforma en un décor cauchemardesque.

Secouée de tremblements, elle vit d'étranges formes et silhouettes se dessiner dans la rivière. Une vieille souche quitta sa banale apparence de morceau de bois pour devenir tout à coup un crocodile qui s'approchait lentement de leur bateau. Elle jeta un coup d'œil anxieux vers les jacinthes d'eau, et là, aperçut des regards malfaisants qui l'épiaient entre les feuilles. Alors que le bateau avançait doucement en serpentant parmi les fleurs, des visages lugubres sortirent de l'eau et la fixèrent comme le faisait autrefois la femme du percepteur. L'oiseau poussa un cri, et Neelima resta pétrifiée par la peur. Son mari et les tantes étaient à mille lieues de se douter de ce qu'elle ressentait, ils écoutaient attentivement un des autres passagers raconter des anecdotes sur les accidents de bateau. « L'autre jour, juste à côté de Bishtupur, un homme a été happé hors d'un bateau et emmené au loin par un crocodile. Ils ont retrouvé ses lunettes cinq jours plus tard, près d'un village à des kilomètres de là », disait-il ; c'était un habitué des voyages en bateau. « Les verres n'étaient même pas cassés », ajouta-t-il.

Il allait commencer une autre de ses histoires à vous faire frissonner quand le passeur annonça : « Nous voici arrivés, jeune homme. Vous devriez dire à la mariée de se couvrir, tous les anciens sont là. » L'une des tantes tira rapidement le voile sur le visage de Neelima et fut étonnée de la docilité de la jeune femme qui ne leva même pas la tête. Elle a enfin appris l'humilité, se dit-elle. Neelima, le souffle court, regardait la proue de l'embarcation s'approcher de la berge. Sitôt qu'ils furent à quelques mètres, elle sauta vers la terre ferme. Le passeur poussa un cri, et tous les passagers tombèrent à la renverse quand le bateau se releva. Neelima perdit l'équilibre. Aveuglée par son voile, elle se jeta vers une silhouette vêtue de blanc et atterrit en catastrophe dans ses bras. Un soupir collectif s'exhala de la foule réunie derrière, rapidement suivi d'un silence pesant. Neelima ne voyait rien, mais elle entendit la tante hurler : « Oh, mon Dieu ! La jeune mariée a touché l'aîné de ses beaux-frères ! » « Quelle honte ! » ajouta la deuxième tante, et une rumeur commença à monter : « Il va devoir faire pénitence. Le pauvre, pas de fête pour lui. Il va devoir jeûner pendant au moins sept jours. La mariée est-elle bête ou aveugle ? Ce qu'elle a fait est horrible ! Toucher son beau-frère, alors qu'elle n'est même pas censée voir son visage ! » Debashish était trop honteux pour lever les yeux. Il savait que Neelima avait perdu l'équilibre, mais était-elle vraiment obligée de sauter si brusquement ?

Le groupe avança en silence dans le village. Neelima, encore secouée de tremblements, gardait la tête baissée. Les tantes la conduisirent jusqu'à une hutte au toit de chaume, la poussèrent à l'intérieur et lui dirent : « Tu restes ici jusqu'à ce que la puja de purification de ton beau-frère soit terminée. » Elle hésita pendant une seconde à se planter là et faire un caprice, comme au bon vieux temps devant le portail de l'école, mais l'envie n'y était plus. Elle s'allongea dans un coin de la hutte et se mit à pleurer en silence. Après quelques minutes, elle se sentit bien mieux et s'assit pour regarder autour d'elle. Il y avait une petite fenêtre par laquelle elle pouvait apercevoir la rivière et la scène de son terrible impair. Un bateau de pêche venait d'accoster. Il était chargé d'une montagne de crevettes. Neelima oublia rapidement son aventure désastreuse et regarda joyeusement le pêcheur vider sa barque. C'est peut-être pour ma fête de jeune mariée, pensa-t-elle avec entrain, ragaillardie à l'idée de bien manger.

L'après-midi fut long, et Neelima attendit en vain que quelqu'un vienne la voir. Elle se sentait seule, elle avait faim et elle voulait aller aux toilettes mais ne savait pas où c'était. Elle sortit de la hutte et se tenait à côté de la porte, hésitante, quand deux fillettes passèrent près d'elle. « Il y a une jeune mariée qui est tombée et… » dirent-elles en montrant du doigt Neelima. Celle-ci ravala sa colère et les appela. Elle leur murmura qu'elle cherchait les toilettes. Après quelques

gloussements, les fillettes acceptèrent de la guider. Elles avancèrent en plein soleil, les deux
fillettes marchant devant et Neelima derrière,
aveuglée par son voile. Le chemin semblait ne
jamais devoir finir, et elle commençait à déses-
pérer. Tous les quelques mètres, les fillettes s'arrêtaient pour annoncer à un passant : « Nous
emmenons la jeune mariée aux toilettes, celle
qui est tombée et qui... » La dernière partie de
l'incident n'était jamais mentionnée, peut-être
par pudeur.

Elles longèrent d'interminables rangées de
huttes au toit de chaume, chacune dissimulée
par une multitude d'arbres fruitiers et de
plantes. Les branches ployaient sous le poids
des goyaves, des papayes et des mangues, les
toits étaient parsemés de grosses citrouilles
orangées. Partout apparaissaient de petits plans
d'eau abrités par des haies de palmiers, et
Neelima aperçut, du coin de son voile, un jeune
garçon muni d'un simple bâton et d'un bout de
ficelle qui venait de pêcher un poisson. Elle
avait faim et soif et se sentait de mal en pis
depuis qu'elle suivait les fillettes à l'aveuglette.
Après avoir parcouru ce qui lui sembla un kilo-
mètre, elles s'arrêtèrent. « C'est ici. Allez-y, on
vous attend. Et ne tombez pas ! » Elles rica-
naient. Neelima releva son voile pour observer
l'endroit où elle se trouvait. Devant elle, un
large puits entouré de palmiers. En travers du

puits, on avait jeté deux planches pour faire une sorte de pont. Les fillettes la poussèrent du coude. Neelima n'avait d'autre choix que d'avancer. Elle fit quelques pas sur les planches, centimètre par centimètre, avec l'adresse d'une funambule débutante, et réussit par miracle à garder l'équilibre et à s'installer. Elle revint doucement, manquant de tomber plus d'une fois dans le puits, mais les fillettes la rattrapèrent à chaque fois. « La pauvre, elle ne voit pas très bien et peut à peine marcher, dirent-elles à tout le monde sur le chemin du retour. Nous l'avons emmenée aux toilettes et elle a bien failli tomber dans le trou. » La nouvelle se répandit comme une traînée de poudre dans le village et le soir même, tout le monde voulait voir la mariée boiteuse et aveugle que Debashish avait ramenée de la ville. Les femmes s'attroupèrent dans la petite hutte où elle avait été consignée et la dévisagèrent. L'une d'elles releva son voile et commenta : « Elle est peut-être boiteuse, mais elle est jolie. » « J'aime quand les jeunes mariées sont rondes et bien portantes », ajouta une vieille femme dodue qui tira ensuite sur les tresses de la jeune fille pour s'assurer qu'il s'agissait bien de ses vrais cheveux. Neelima resta assise dans un coin et laissa les femmes l'examiner. Elle repensa aux énormes crevettes que le bateau avait apportées et se sentit tout de suite mieux. « Je me demande comment ils les

cuisinent ici. Sûrement avec du lait de coco. »
Elle n'eut pas à patienter bien longtemps pour
en avoir le cœur net. Un énorme plateau de
cuivre fut posé devant elle. Les crevettes qu'elle
avait vues quelques heures auparavant flottaient
maintenant dans une onctueuse sauce au lait de
coco. Il y avait aussi du hilsa, cuit dans du cres-
son, et d'autres mets délicieux. Neelima, assoif-
fée et affamée par le voyage, se pencha avec
avidité vers le plateau. Une femme au visage
sévère lança tout à coup : « Vous êtes fous !
Comment une nouvelle mariée pourrait-elle
manger tout cela ? Ce n'est pas une goinfre !
Emmenez ça et donnez plutôt du riz à cette
pauvre petite. » A travers son voile, Neelima vit
le plateau disparaître pour être aussitôt rem-
placé par un bol de riz. Elle ouvrit la bouche
pour protester, mais quelque chose l'arrêta. Elle
se rendit compte qu'il s'agissait de sa punition
pour son comportement du matin. « Mais ce
n'est pas de ma faute. C'est à cause de la
femme du percepteur qui est apparue sous la
forme d'un crocodile pour me faire peur », eut-
elle envie de leur dire, mais elle se tut. Les
larmes perlaient au coin de ses yeux et tombaient dans son bol ; elle commença à manger
son riz. Tout autour, elle entendait le craque-
ment des crevettes qu'on décortiquait, et les
arêtes de hilsa qu'on crachait bruyamment, mais
elle ne releva pas une seule fois la tête. Elle ne

serait pas une jeune mariée toute sa vie ! Elle reviendrait un jour, lorsqu'elle serait adulte, et ce jour-là, elle leur montrerait à tous ! Pour l'instant, elle ne pensait qu'à une chose, le dangereux voyage du retour à la maison, et pour la première fois de sa vie, elle regretta de ne plus être une petite fille bien en sécurité sur les bancs de l'école.

## LES TANTES ET LEURS MAUX

1965. Il était minuit largement passé quand le train quitta la gare de New Delhi, mais Meera était en pleine forme, comme si le jour venait juste de se lever. Elle n'était pas du tout fatiguée malgré les six heures d'attente qu'elle et ses tantes avaient dû endurer à cause des retards successifs de leur train. Chaque fois que le haut-parleur caquetait au-dessus de leurs têtes, les tantes de Meera répondaient par des insultes acérées ; la voix qui annonçait les retards aurait pu être celle d'un vieil ennemi qui ne se serait adressé qu'à elles parmi la marée humaine qui emplissait la gare. Elles écoutaient attentive-ment, allongeaient le cou vers le haut-parleur, et dès que les annonces étaient terminées, ripos-taient immédiatement. « Imbécile, pauvre crétin. Tout ce que cet idiot sait faire c'est coasser "le train a du retard" comme une grenouille. On a bien vu que le train n'était pas là ! Nous prend-il pour des aveugles, à nous répéter sans arrêt que le train est en retard ? » pestait la plus âgée des tantes, une femme frêle mais digne, au regard perçant, et ses sœurs, versions un peu plus fades de leur aînée, ajoutaient leurs remarques acerbes. Puis, conformément à la convention de Genève, elles se taisaient quelques minutes pour laisser le temps à leur opposant de répondre. La querelle reprenait ensuite de plus belle, les tantes ayant eu le temps de reprendre leur souffle pendant les quelques instants de répit. La tirade passionnée des vieilles dames avait attiré une foule de curieux qui attendaient eux aussi le train. Amusés par la bataille des trois matrones contre un ennemi invisible et heureux d'avoir trouvé une animation pour les distraire pendant les longues heures d'attente, ils saluaient chaque nouvelle insulte par des éclats de rire retentissants.

Meera, qui venait tout juste d'avoir quatorze ans, était extrêmement mal à l'aise. Le regard fixé sur ses chaussures, elle aurait voulu être une autruche pour pouvoir enfouir sa tête sous la pile de bagages. Elle se sentait très embarrassée par ses tantes qui attiraient ainsi l'attention sur elles, et commençait à comprendre que ce séjour avec les trois dames n'aurait rien d'un voyage ordinaire (qui à lui seul aurait déjà été une aventure).

C'était la première fois qu'elle partait en voyage sans ses parents, et qui plus est vers une ville qu'elle ne connaissait pas. Pour une jeune fille de quatorze ans, ce premier voyage était assez inhabituel : les tantes se rendaient aux funérailles d'un lointain parent. Meera ne savait pas bien de qui il s'agissait ni quel était son lien de parenté avec ses trois tantes. Elles avaient insisté pour emmener la jeune fille avec elles, et la raison invoquée, pour le moins douteuse, était la suivante : « Qui sait quand la mort peut nous surprendre, et il nous faut quelqu'un de jeune pour porter les bagages. » Bien que le père de Meera ne fût pas très séduit par l'idée que sa fille serve d'accompagnatrice à ces vieilles femmes qu'il soupçonnait depuis toujours d'être un peu folles, la mère de Meera rejeta ses objections en lui disant qu'il n'y avait aucun mal à ce qu'elle accompagne ses tantes car « qui sait (c'était la phrase d'introduction préférée de la famille), la mère d'un jeune garçon à marier pourrait la repérer aux funérailles et il pourrait en résulter un mariage avantageux ». On mit dans les valises les plus beaux atours de la jeune fille et on ordonna aux tantes de garder toujours un œil sur elle. Un bref « Evidemment ! » fut leur seule réponse. Le père de Meera les accompagna à la gare pour s'assurer qu'elles s'installaient sans encombre dans leur compartiment, mais après un peu plus d'une heure de va-et-vient sur le quai, les tantes le renvoyèrent chez lui en pestant : « Laisse-nous donc, nous pouvons très bien nous débrouiller seules. Nous ne sommes pas nées d'hier, nous. » Il quitta donc la gare, non sans avoir abreuvé sa fille de recommandations diverses contre les dangers qui l'attendaient. Les tantes regardèrent sa silhouette s'éloigner et soufflèrent : « Dieu merci, il est enfin parti. A rester planté comme ça, il aurait fini par nous faire une attaque. » Elles se mirent ensuite en devoir d'inspecter leur entourage, de jauger les autres passagers, les sourcils froncés, sans oublier de siffler de temps à autre des remarques acerbes sur les enfants qui chahutaient à leurs pieds, avant de se concentrer à nouveau sur le haut-parleur. Pas un seul instant elles ne quittèrent le tas de bagages des yeux, et à intervalles réguliers elles recomptaient les valises tout en clamant haut et fort : « Cette gare est pleine de voleurs ! » Leur public ne cessait de grossir, et deux vendeurs des rues avaient installé leurs étals à côté d'elles pour se joindre à l'atmosphère festive.

Meera commençait à s'inquiéter pour le voyage à venir. Elle savait depuis toujours que ses tantes étaient un peu bizarres, mais elle n'avait jamais eu l'occasion d'en juger en public. Elle les regardait, embarrassée, et espérait qu'elles finiraient par se fatiguer et se tenir tranquilles. Comment vont se passer les vingt-quatre heures de voyage si elles commencent déjà à se disputer ? pensa-t-elle, tout en se mordant nerveusement la lèvre inférieure. Mais au-delà de cette appréhension concernant le comportement de ses tantes, Meera se sentait excitée et fière de cette indépendance nouvellement acquise. Tout ira bien dès que le train sera là. Elles vont s'installer sur leurs sièges et s'endormir, se dit-elle pour se donner du courage. Mais le train n'arrivait pas, et les tantes étaient de plus en plus échauffées dans leur lutte contre le haut-parleur. La plus jeune se tenait maintenant debout sur la malle en fer d'un autre passager et agitait les bras avec la fougue d'un politicien en campagne. Dieu merci, le pauvre homme à l'autre bout du micro était tapi dans les profondeurs du bâtiment et n'entendait pas un traître mot de ce que disaient les tantes, mais leur public, en revanche, était aux premières loges et s'amusait follement. Il annonça soudain l'arrivée du train, et les tantes, prises de court, se turent.

Les badauds se dispersèrent et tout le monde se précipita sur le quai. Quelques minutes plus tard, le train entrait en gare dans un sifflement, et la foule qui patientait depuis des heures déclencha le branle-bas. Les tantes poussèrent toutes les personnes qui leur barraient le chemin, et Boromashi, dans la panique générale, agrippa l'une des filles qui se trouvaient là, pensant qu'il s'agissait de Meera. La jeune fille poussa un cri de surprise et la tante, réalisant son erreur, la repoussa brusquement. Sur ce, les tantes tournèrent leur attention vers les bagages et les comptèrent pour la énième fois d'une voix angoissée. « Où est le sac de toile noir ? On nous l'a volé ! Porteur ! Porteur ! » brailla Boromashi. Le porteur s'était assoupi en attendant le train. Il se réveilla en sursaut quand Boromashi lui asséna un violent coup de canne. Bien qu'elle n'eût pas la moindre difficulté à se déplacer, la vieille dame insistait pour utiliser cette grande canne sculptée ornée d'un pommeau en argent, pour la simple raison que quelques années auparavant, elle avait vu, au marché de Simla, une Maharani très digne qui se servait d'une canne semblable pour soutenir son vieux corps. Boromashi avait fait le tour de tous les magasins pour trouver la même mais avait attendu quinze ans avant de s'en servir, le temps d'être assez vieille et aussi digne que la Maharani. Violemment bousculé par la fameuse canne, le porteur sursauta et frotta son dos meurtri en leur jetant un regard noir.

« Lève-toi. On ne va quand même pas rater le train à cause de toi, espèce d'ivrogne ! » Les tantes le houspillèrent, bien qu'il fût à peine plus jeune qu'elles. Le train s'arrêta ; il rejetait des nuages d'air chaud qui remontaient le long du quai comme le souffle d'un dragon. Tout le monde, passagers, porteurs, marchands ambulants, et même les gens qui avaient accompagné des amis, se précipita dans les wagons, et Meera fut terrifiée à l'idée d'être séparée de ses tantes.

Son inquiétude se révéla infondée. Les tantes formèrent une barricade autour d'elle avec l'habileté de soldats romains surentraînés et Meera put avancer, protégée des deux côtés par cette forteresse humaine. Le porteur devait marcher à quelques pas devant elles, surveillé en permanence par trois paires d'yeux. « Ce sont tous des voleurs. Où va-t-il maintenant ? Continue tout droit, espèce de vaurien ! » criaient les tantes chaque fois que le porteur, ployant sous les bagages, tournait la tête de côté pour reprendre son équilibre. La plus âgée était sur le point de lui assener un nouveau coup de canne sur la nuque quand elles aperçurent le contrôleur du train sur un coin du quai. Elles avancèrent vers lui dans la coordination la plus parfaite, Meera toujours coincée fermement entre elles, l'attrapèrent par la veste de son costume miteux et le secouèrent violemment en criant : « Où sont nos sièges ? » L'homme, que des centaines de passagers ne cessaient de harceler, fut surpris par une demande si directe et tourna toute son attention vers elles. « Vos noms, s'il vous plaît », demanda-t-il à Boromashi. Mais pendant qu'il attendait, le stylo en suspens au-dessus de la liste des passagers, la vieille dame fut prise d'une crise de timidité et ne répondit rien. Dans la confusion, elle avait oublié son propre nom. Meera ne connaissait pas non plus le nom de famille de sa tante, elle se tourna vers les autres

63

dans l'espoir que celles-ci pourraient lui venir en aide. « Banerjee. Regardez juste à Banerjee. Pourquoi voulez-vous nos noms ? C'est une perte de temps », lança Boromashi, qui fort heureusement avait recouvré son aplomb en quelques secondes. Le contrôleur, ne trouvant rien à répondre, se mit à chercher Banerjee sur son registre. Heureusement pour lui, tous les défunts maris des tantes avaient le même nom, et il trouva les trois Banerjee et une mineure en bas de la liste. Il leur indiqua leur compartiment, et les trois tantes, le porteur et la jeune fille s'ébranlèrent dans la direction indiquée avec l'agilité d'un insecte à dix pattes.

Arrivées dans leur compartiment, les trois vieilles dames congédièrent le porteur qui s'en tira avec un piètre pourboire et une avalanche de reproches. Elles prirent ensuite possession des lieux avec la rapidité de bandits de grands chemins. Elles montaient la garde à la porte, allant même jusqu'à empêcher les autres passagers de passer à côté d'elles. Quand la quatrième occupante du compartiment entra pour s'asseoir, elle se trouva face à un véritable mur d'hostilité. « Vous aussi, vous êtes là ? » lui demandèrent-elles d'une voix aiguë, comme si la dame, au lieu de réclamer le siège qui lui était dû, avait commis le pire des forfaits. Fort heureusement, elle n'était pas facilement impressionnable et ne recula pas d'un pouce. Sous le regard admiratif de Meera, elle joua des coudes pour repousser les tantes, ordonna au porteur de déposer ses bagages sur la couchette et prit place sur le siège qui lui revenait de droit. Puis elle posa son sac à main à ses pieds, avec une fermeté qui ne laissait aucun doute sur la légitimité de sa présence. Le train siffla au même moment, comme pour arbitrer le match entre les vieilles dames. Pendant de longues minutes, les deux parties opposées se jaugèrent mutuellement en silence. Meera trouvait à la nouvelle venue un certain air de gentillesse, malgré son audace, et elle se demandait ce que les tantes allaient bien pouvoir inventer maintenant. Par pitié, qu'elles s'endorment rapidement, se dit-elle, inquiète. Sans doute sa prière fut-elle entendue car quelques secondes plus tard, les tantes commencèrent à se disputer pour savoir qui prendrait quelle couchette. « Tu sais très bien que j'ai mal au genou, Bordi. Si je monte sur cette chose qu'ils osent appeler une couchette, je ne pourrai jamais en redescendre », dit la cadette à sa sœur aînée, bien que le message fût en fait adressé à la plus jeune. Elle savait très bien que c'était Boromashi qui prenait les décisions, et qu'il valait donc mieux s'adresser directement à elle pour ne pas perdre de temps. « On va dormir en bas, la petite et moi. Toi, Neli, tu vas sur l'autre couchette du bas, et Bula et l'autre », dit-elle, un doigt accusateur pointé sur la quatrième passagère, « vous irez en haut ». Avant même que l'autre en question n'ait pu ouvrir la bouche, les deux tantes qui s'étaient octroyé les couchettes du bas s'allongèrent en moins d'une seconde, s'enveloppèrent dans leurs saris et firent semblant de s'endormir immédiatement. Les deux femmes exilées en haut se regardèrent comme des ennemies se découvrant de soudaines affinités face à l'adversité et s'aidèrent l'une l'autre à grimper le long de l'échelle branlante.

On éteignit les lumières, et dans la faible lueur bleutée de la nuit, Meera vit Boromashi qui recommençait à compter les bagages, puis elle s'endormit. Le train traversait l'obscurité à toute vitesse, poussant de temps à autre un sifflement aigu qui perçait la nuit. Une fois ou deux, Meera entendit sa tante fouiller sous la banquette pour s'assurer que les malles étaient bien verrouillées, mais bercée par le mouvement du train elle se rendormait rapidement. Quand elle se réveilla le lendemain matin, elle fut éblouie par les rayons de soleil qui inondaient le compartiment. Elle se frotta les yeux et se redressa. Les tantes avaient fait leur toilette, et Meera vit tout de suite dans leurs yeux qu'elles étaient prêtes à chercher querelle à quiconque oserait les défier. Elles lui ordonnèrent d'aller se débarbouiller et d'aller ensuite chercher le domestique contre lequel elles avaient déjà lancé les hostilités avant son réveil. « Et surtout ne parle pas aux hommes qui traînent dans les couloirs », lui recommanda-t-on. Elle avança d'un pas incertain dans la coursive à la recherche du domestique, même si elle n'avait pas la moindre idée de ce à quoi il pouvait bien ressembler.

Le train bringuebalait de droite à gauche et Meera était obligée de se tenir à la paroi pour ne pas tomber. Elle ne vit pas un seul homme, et la seule femme qu'elle aperçut était en chemise de nuit et s'éclaircissait bruyamment la gorge au-dessus du lavabo. Elle parcourut le train de long en large, heureuse d'avoir un peu de répit et de pouvoir profiter de quelques minutes de solitude. Au bout du dernier wagon, elle trouva un homme cerné par des chariots couverts de tasses vides. Ce doit être lui, songea-t-elle, et avec le sentiment honteux de conduire un homme à ses bourreaux, elle lui demanda de la suivre.

Les tantes, qui étaient en plein échange de fiel avec la quatrième passagère, s'arrêtèrent et levèrent les yeux avec irritation. « Oh, le nawab-saheb est enfin là », lança Boromashi ; elle jubilait. « Le thé que vous nous avez donné ce matin était noir comme du jus de vieilles chaussettes. Et il n'était même pas sucré, du vrai charbon, c'est moi qui vous le dis ! » ajouta-t-elle, dans l'espoir de lancer une dispute interminable, comme elle les aimait. Mais l'homme, à l'air frêle et mélancolique, semblait tout à fait indifférent à cette attaque et leur demanda d'une voix faible si elles désiraient déjeuner. « Qu'y a-t-il pour le déjeuner ? » lui demanda Boromashi, qui, désarmée par l'attitude désinvolte du jeune homme, en oublia sa colère. « Des légumes, du dal, du riz, des sauces d'accompagnement et des chapatis », marmonna-t-il, le regard perdu dans les paysages qui défilaient derrière la fenêtre. « Y a-t-il du poulet ? » demanda la quatrième dame. Cette question laissa les tantes sans voix. « Oui, il y en a aussi, si vous voulez », répondit le serveur, ses grands yeux humides écarquillés par la surprise. « Apportez-moi un repas au poulet », demanda avec fermeté l'étrangère avant de se tourner vers les tantes et de les défier du regard comme un soldat déterminé à affronter seul l'ennemi.

Après avoir noté leur commande, le serveur quitta le compartiment, laissant derrière lui un silence si pesant que Meera l'entendit prendre les commandes des autres passagers jusqu'à ce qu'il arrive au bout du wagon. Puis Boromashi, en sa qualité d'aînée, décida de déclencher les hostilités : « Vous êtes veuve, non ? demanda-t-elle avec douceur à la passagère, comme pour engager simplement la conversation.

— Oui. Mon mari était médecin militaire. Il est mort il y a dix ans. Je vais à Raipur voir mon fils. Il est lui aussi docteur, pathologiste », répondit-elle, impatiente d'établir enfin le lien de camaraderie indispensable lors d'un long voyage en train. Mais Meera, le cœur battant, savait déjà ce qui allait se passer.

« Et vous mangez du poulet ? Ah bon ? C'est bizarre, remarqua la cadette des tantes, assise à l'opposé.

— Et pourquoi cela ? demanda courageusement la dame.

— Ah ! Et elle ose demander pourquoi c'est bizarre ! gloussa la plus jeune, perchée sur sa couchette au-dessus de leurs têtes.

— Mais où va le monde ! s'indigna Boromashi. Bientôt les veuves porteront des pantalons, du rouge à lèvres et des chaussures à talons.

— Et peut-être qu'elles iront danser comme des memsahibs ! » cria la benjamine, secouée par un rire mauvais.

La veuve du docteur se sentait de plus en plus mal et jeta un regard désemparé autour d'elle. Le rire des trois tantes se figea et elles fixèrent sur elle un regard glacial et dédaigneux. Elle était cernée. Elle décida de rester silencieuse, au moins pendant un moment.

Le train perdit de la vitesse, et quelques minutes plus tard, il s'arrêta dans une petite gare de campagne. Il n'y avait personne sur le quai, hormis une famille de villageois et un vendeur ambulant, qui se précipita vers leur fenêtre en tendant un panier de pakoras. Ils venaient tout juste d'être frits et une forte odeur d'huile de moutarde emplit le compartiment. La plus jeune des tantes se pencha pour demander à sa sœur si elle pouvait en prendre, et après un acquiescement discret de Boromashi, le vendeur fit passer une large feuille pleine de pakoras luisants d'huile à travers les barreaux de la fenêtre. On ne lui donna que la moitié du montant qu'il réclamait, et dès que le train commença à s'éloigner doucement, Meera et ses tantes se jetèrent sur les beignets. Après que Meera leur eut donné un petit coup de coude, elles proposèrent une moitié de pakora brûlé à la veuve du docteur, qui refusa d'un sourire et d'un mouvement de tête lourd de sous-entendus. Elle regardait par la fenêtre avec une grande concentration, et dès que le train eut pris de la vitesse, elle s'éclaircit la gorge et lança : « Comment pouvez-vous manger ces cochonneries ? Qui sait dans quel dépotoir ils ont été faits ! » Les tantes, qui avaient dévoré tous les pakoras et essayaient maintenant de récupérer jusqu'à la plus petite miette grillée du bout de leurs doigts luisants de gras, en restèrent muettes. Elles la fixèrent, interdites, les doigts au bord des lèvres. La veuve agit alors rapidement pour consolider sa position dominante. Elle avança le menton, comme une cane prête à attaquer, et lança d'un air supérieur : « Mon mari, qui était docteur, disait que ces choses sont frites dans de la graisse animale, de porc en général, puisque c'est la moins chère. Un de ses patients, un

70

homme jeune et en pleine santé, est mort subitement un matin. Ils ont retrouvé la moitié d'un pakora dans son estomac au moment de l'autopsie. » Les tantes ne bougeaient plus et fixaient avec effroi la feuille luisante où plus une miette ne traînait. Les deux plus jeunes se tournèrent vers leur aînée, conscientes qu'elle était la seule à pouvoir sauver leur honneur. « Si vous commencez à vous inquiéter pour tout ce que vous mangez, autant mourir de faim », rétorqua faiblement Boromashi, et elle rota, sa figure prenant soudain une teinte blafarde. Elle lança, à contrecœur, un regard admiratif à la quatrième passagère.

Ce bref épisode fut suivi d'un silence interminable. Le soleil était maintenant haut dans le ciel, et le train traversait à toute vitesse un paysage aride qui semblait ne devoir jamais finir, et dont la platitude extrême donnait l'impression qu'il avait été écrasé par un énorme rouleau compresseur. Meera devinait une rangée d'arbres au loin. Ils se balançaient de droite à gauche, se fondaient dans la lumière, et le vert de leur feuillage formait une tache floue. Elle appuya son visage contre les barreaux de la fenêtre et essaya de garder les arbres en vue aussi longtemps que possible, mais elle fut prise de vertiges et détourna les yeux. « Comment est mort votre mari ? » demanda brusquement Boromashi. Pour Meera et ses deux jeunes tantes, cela avait tout d'une question amicale de la part de leur chef, et toutes trois sourirent docilement à l'étrangère. Celle-ci, suspicieuse, était tiraillée entre son envie de bavarder et son désir de demeurer victorieuse et distante. Elle fit une concession entre les deux et ne répondit pas tout de suite. Après avoir laissé passer quelques minutes, elle dit : « Il est mort d'une hémorragie. » Les tantes, qui s'enorgueillissaient de posséder un savoir médical sans bornes, n'avaient jamais entendu ce mot, mais elles auraient refusé de l'admettre, même sous la torture. « Un de nos oncles est mort de cette maladie. C'est très dangereux, surtout s'il y a une épidémie », déclara Boromashi, et ses sœurs acquiescèrent d'un air entendu pour couvrir le mensonge. La veuve éclata de rire, mais sans la moindre agressivité, et leur expliqua : « Il ne peut pas y avoir d'épidémie d'hémorragie, cela veut dire saigner à l'intérieur », heureuse de cette occasion de leur prouver ses connaissances avancées.

« Vous voulez dire qu'il a saigné jusqu'à en mourir ? Vous auriez dû lui mettre un bandage, répondit Boromashi, dans l'espoir de remonter son score.

— Non, cela veut dire saigner à l'intérieur même du corps. On ne peut pas le voir avant qu'il ne soit trop tard », murmura la quatrième dame, les sourcils relevés avec une expression solennelle.

Boromashi digéra en silence cette information très intéressante et la mit de côté pour plus tard. Elle commençait à apprécier la veuve du docteur et regrettait de ne pas lui avoir parlé plus tôt. Nous aurions découvert tant de nouvelles maladies, songea-t-elle. Comme pour rattraper le temps perdu, elle lui fit un grand sourire et lui dit : « Je fais de l'hypertension. Mes deux jeunes sœurs ont du diabète. Mon mari est mort d'une crise cardiaque, mais il faisait également de la goutte. » Meera, lassée par le paysage monotone, était maintenant attentive à la conversation et se sentait coupable de n'avoir rien à ajouter à cette impressionnante liste de maladies familiales.

Boromashi, comme si elle avait lu dans ses pensées, ajouta : « Cette enfant est née à l'envers et sa mère, ma plus jeune sœur, est presque morte en couches.

— Ma belle-fille a elle aussi eu un accouchement difficile, répondit la quatrième dame, mais ce n'est rien comparé à ce que j'ai subi à la naissance de mon fils. Voyez-vous, j'ai des problèmes de digestion, alors j'ai vomi tout le temps et je suis devenue aussi maigre et aussi jaune que cette canne », dit-elle, montrant du doigt le bien le plus précieux de Boromashi, appuyé contre la porte. Meera, qui ne pouvait imaginer cette femme replète devenir aussi maigre que la canne de sa tante, ouvrit la bouche pour la première fois et dit dans un souffle :

« Nous allons aux funérailles de la cousine de ma grand-mère. Elle est morte.

— De quoi est-elle morte ? » s'enquit la quatrième dame en ouvrant une grosse boîte de sucreries qu'elle fit passer aux autres. Tout le monde se servit après avoir poliment refusé plusieurs fois, et alors qu'elles mâchaient toutes avec un plaisir évident, la plus jeune des tantes expliqua : « Nous ne savons pas ce qui lui est finalement arrivé à l'âge de quatre-vingt-douze ans. Ça devait être quelque chose de grave. Vous savez comment sont les docteurs de nos jours. Quand ils ne savent pas ce que c'est, ils disent que c'est la vieillesse. » La quatrième dame était sur le point d'acquiescer, mais se retint, elle ne pouvait pas laisser ainsi dénigrer le métier de son défunt mari. « J'espère que ce n'était pas une de ces horribles maladies. Ils n'osent pas l'annoncer dans ces cas-là, pour ne pas effrayer la famille », dit-elle pour changer le cours de la conversation sans pour autant quitter le thème fascinant des maladies et de la santé. « Nous l'aurions su si c'était vraiment grave », répondit la plus jeune. Elle tendit le bras vers les bagages et déballa une boîte à en-cas. Elle ouvrit le couvercle et tendit la boîte à la veuve. « Nous n'achetons jamais de sucreries, je les fais moi-même à la maison », dit-elle à la quatrième dame qui choisit un berfi au fort parfum de noix de coco. La tante venait de marquer un point, mais puisqu'il n'y avait plus d'animosité dans l'air, cela eut pour seul effet d'équilibrer le score.

Le train s'arrêtait sans raison pendant des heures à des gares où personne ne montait ni ne descendait puis repartait péniblement dans un cahot et une plainte. Les tantes, après avoir prestement déclaré une trêve, avaient fait de la veuve une de leurs proches amies. Elles s'enquirent de sa santé, mais avant même qu'elle ait pu commencer, elles énumérèrent tour à tour les détails les plus croustillants de leurs maladies respectives. Ce n'était là que les hors-d'œuvre, et le plat principal n'arriverait que plus tard, saupoudré de drames épicés et de pathos. Le serveur apporta leurs déjeuners dans des assiettes en inox et les déposa sur les banquettes dans le même fracas métallique qu'aurait fait un chevalier en armure. Les femmes se précipitèrent sur leur repas. Les tantes virent d'un œil satisfait la vieille veuve mettre le poulet de côté sans y toucher. Ensemble, elles se plaignirent du repas au serveur qui nota consciencieusement chacun de leurs reproches dans un petit carnet. Meera voyait bien qu'elles n'étaient pas satisfaites de cette dispute écrite et auraient préféré une bonne joute verbale. Après avoir râlé contre la compagnie des chemins de fer, les politiciens, le gouvernement et la jeunesse d'aujourd'hui, elles sombrèrent dans un sommeil calme et serein.

Le léger bruit de leurs ronflements était presque entièrement couvert par celui du train qui cahotait à travers des paysages si vides que Meera avait l'impression qu'elles étaient les dernières personnes sur terre. Soulagée de voir ses tantes endormies, elle se recroquevilla au fond de la banquette et regarda par la fenêtre. Elle prenait de temps en temps un bonbon dans la boîte de la veuve du docteur. Le train quitta enfin les paysages désolés et ralentit lorsqu'il traversa des villages de plus en plus nombreux. Il roulait maintenant lentement au beau milieu d'une ville animée. Meera vit un groupe de garçons montés sur des vélos qui faisaient la course avec le train, et elle éclata de rire quand ils le rattrapèrent en sifflant joyeusement. Elle essaya de ne pas regarder les enfants accroupis le long des rails, leurs fesses brunies tournées dans sa direction. Derrière elle, les quatre femmes étaient maintenant bien réveillées et discutaient joyeusement comme si elles se connaissaient depuis toujours. Pour sauver les apparences, elles parlèrent brièvement de leurs défunts maris et de leurs enfants, puis reprirent leur sujet de prédilection : leurs innombrables maux. Chacune d'elles décrivait, les yeux brillants, ses symptômes, les médicaments qu'elle prenait, et toutes les fois où elle avait frôlé la mort. Boromashi parlait calmement et tout le monde écoutait, mais les deux plus jeunes tantes se levaient souvent pour montrer quelle partie de leur anatomie était concernée. De vieilles cicatrices furent exposées à la lumière, de mauvaises dents exhibées avec fierté, et même les organes furent tapotés et pincés pour en montrer l'emplacement exact. Elles émirent des sons étranges pour montrer comment l'une d'elles s'était étranglée, avait eu un haut-le-cœur, avait toussé ou éternué à un moment précis de sa maladie.

La conversation était régulièrement ponctuée par : « Ils pensaient que j'étais condamnée. J'étais presque morte quand… » Il y eut aussi des histoires amusantes comme celle où Boromashi, prise pour une femme enceinte par une infirmière, avait été emmenée à la salle d'accouchement. « Même à plus de cinquante-cinq ans, les gens me laissaient encore leur place dans le bus, ils pensaient que j'étais une femme enceinte et fragile. Il y a beaucoup d'avantages à avoir un gros estomac », conclut-elle.

La femme du docteur se souvint que son mari avait une fois opéré par erreur le frère de son patient. « Il l'avait accompagné. Heureusement, lui aussi avait un début d'appendicite. La famille était tellement reconnaissante qu'elle a dit à tout le monde que mon mari pouvait prédire les maladies avant que le patient s'en aperçoive. Ça a été une très bonne publicité pour son cabinet. » Allant de A à Z comme si elles avaient feuilleté

une encyclopédie médicale, elles parlèrent aci-
dités, allergies, asthme, bronchite, bile, constipa-
tion, douleurs articulaires, flatulences, goutte,
ténia et zona.

Après avoir échangé des recettes miracles et
exposé leurs maux, les dames se turent le temps
d'une petite sieste réparatrice. Elles ressortirent
des en-cas à leur réveil et Boromashi commença
à parler des funérailles auxquelles elles se rendaient. Au cours du récit, l'événement familial
prit de plus en plus d'importance pour se trans-
former en une aventure extraordinaire au fur et
à mesure que les deux autres tantes y ajoutaient
leurs demi-vérités. « On a invité des gens de
tout le pays ; même ceux à qui nous ne parlons
plus viennent. Tout a été arrangé par le commis-
saire de police de la ville. Voyez-vous, le frère
de ma belle-sœur est marié à sa fille. On a
acheté le meilleur bois de santal qui existe et au
moins quarante kilos de ghee pur, dit la plus
jeune de tantes.

— Les funérailles sont de plus en plus chères,
mais je ne veux pas lésiner sur les miennes, je
l'ai bien dit à mon fils. Tu prends ce qu'il y a de
mieux, je paierai d'avance. J'ai déjà ouvert un
compte en banque spécialement pour ça, mais je
ne l'ai dit qu'à mon avocat, murmura la femme
du docteur aux tantes qui se penchèrent pour
entendre, avec des airs de conspiratrices. Après
tout, qui sait ce que peuvent faire ces jeunes ? Ils

pourraient être tentés de bâcler la cérémonie, avec tous ces nouveaux gadgets comme les crématoriums, les fours électriques et tout ça. Non, je veux du bois, du ghee et une cérémonie avec deux prêtres. Je ne veux pas qu'après ma mort on dise de moi que j'étais pingre. J'ai même accompli la moitié des rituels pour moi aux funérailles de mon mari. Il vaut mieux faire les choses soi-même si on veut qu'elles soient bien faites », déclara-t-elle le doigt levé, comme un prêtre. Les tantes, envoûtées et admiratives, acquiescèrent, décidées elles aussi à ouvrir un compte en banque de ce genre dès qu'elles seraient de retour à la maison.

Le train stoppa dans un grand fracas. Meera constata qu'une fois de plus, ils s'étaient arrêtés au milieu de nulle part. Mais des enfants surgirent des fourrés et se mirent à mendier. Les tantes les repoussèrent, mais leur donnèrent quelques bonbons avant de reprendre leur conversation tandis que le train se mettait de nouveau en branle, se balançant comme un ivrogne. Boromashi entra en scène une nouvelle fois après la distribution d'une fournée supplémentaire de laddus.

« Cette tante a eu la prémonition qu'elle allait mourir, il y a dix-sept ans, dit Boromashi après une courte pause dont elle avait besoin pour avaler son laddu. Elle l'a dit à tout le monde, mais bien entendu, personne ne l'a crue.

Je savais, moi, que quelque chose n'allait pas, parce que, voyez-vous, je suis très sensible aux problèmes de santé des gens », ajouta-t-elle, et les autres femmes hochèrent respectueusement la tête. « L'autre jour, dans notre colonie, j'ai vu passer une femme en pleine santé. Je l'ai regardée et j'ai dit à ma fille, ça ne va pas durer longtemps. Eh bien, elle est morte la semaine d'après », poursuivit-elle, dans un soupir de satisfaction. La femme du docteur se creusait la cervelle pour trouver une anecdote aussi bouleversante. Elle leur avait déjà raconté les démêlés de son mari avec la divination.

Boromashi lui accorda gracieusement quelques minutes supplémentaires et prit une autre sucrerie. « Il y a eu un cas, une fois, où deux femmes ont eu la même prémonition de mort au même moment, dit finalement la quatrième dame après réflexion. Mais l'une pour l'autre, et elles sont mortes le même jour. En fait, l'une d'elles a téléphoné à l'autre pour lui dire : "Fais attention à toi, Didi, j'ai fait un mauvais rêve te concernant." L'autre femme a répondu : "Moi aussi", et pile à cet instant, elles se sont écroulées toutes les deux. » Le silence stupéfait qui accueillit son histoire lui confirma qu'elle avait marqué beaucoup de points d'un coup et elle s'enfonça confortablement dans la banquette pour savourer sa victoire. La discussion suivit son cours ; après avoir survolé le sujet des morts récentes et discuté de vieilles affections étranges, elles débattirent des vertus respectives de l'homéopathie et des traitements allopathiques. Les femmes découvrirent avec grand plaisir qu'elles utilisaient les mêmes médicaments. La quatrième dame, en tant que femme de docteur, en connaissait bien plus sur les médicaments et leur offrit même des échantillons gratuits, mais les trois tantes étaient des expertes en maladies, que ce soit par expérience ou non. A elles toutes, elles pouvaient se vanter d'avoir eu presque tous les maux, et ceux dont elles n'avaient pas personnellement souffert avaient touché l'un ou l'autre de leurs innombrables parents. Chacune écoutait et parlait à son tour avec ardeur et les en-cas disparaissaient en un rien de temps, sortis de boîtes jusque-là dissimulées sous les sièges.

Le compartiment baigna dans diverses atmosphères au fur et à mesure que des centaines de maladies, de morts, de difformités et d'accidents mortels se disputaient la vedette avec les plats favoris, les bons magasins de saris et les astuces ménagères. Les dames ne virent pas passer les vingt-quatre heures de voyage, et même après tout ce temps, elles n'étaient toujours pas à court de sujets morbides. Meera commençait à se sentir mal. Elle était maintenant convaincue d'avoir toutes les maladies dont les tantes avaient parlé. La vie n'était-elle pas trop dangereuse ? Le corps qui leur avait été donné était-il si fragile ? Mais les vieilles dames, dont les yeux brillaient, parlaient d'une voix forte et avaient l'air en pleine forme. Ont-elles réellement été si malades ? se demanda Meera. Les tantes en avaient terminé avec leurs propres cas et s'attaquaient à présent à des cas qu'elles n'avaient pas vus, mais dont elles avaient entendu parler, quand elles s'aperçurent que le train était sur le point d'arriver à Jabalpur. Meera se dépêcha de rassembler les bagages, mais les tantes s'enfoncèrent dans la banquette, l'air tristes et déçues. Elles ne voulaient pas quitter leur nouvelle amie. Elles avaient encore tant de choses intéressantes à lui dire. « Une fois je me suis cassé les deux pouces en même temps, quand j'avais dix ans », lança la plus jeune des tantes, se souvenant soudain d'un accident majeur de son enfance. Les passagers entraient déjà dans le compartiment à la recherche de leur siège mais les tantes ne bougeaient toujours pas. Elles embrassèrent la veuve du docteur et promirent de lui écrire. Meera dut noter son adresse pendant que les porteurs se frayaient un passage avec les bagages. Elles se décidèrent enfin à sortir du compartiment, à contrecœur, et se retournèrent à plusieurs reprises pour dire au revoir à leur amie en lui conseillant de prendre soin de sa santé. Mais dès qu'elles virent les parents qui les attendaient à l'autre bout du quai, leurs visages changèrent immédiatement d'expression pour prendre un air digne, solennel, et elles avancèrent vers eux d'un pas ferme. Elles étaient les aînées, les femmes les plus respectables de la famille, et nul ne devait l'ignorer.

Meera, timide et embarrassée parmi tant de monde, essayait de se cacher derrière ses tantes. Mais elle fut rapidement engloutie par des visages rayonnants qui s'attristaient brusquement, et des voix fortes et excitées qui se saluaient les unes les autres. Quelqu'un lui pinça douloureusement la joue et cria dans son oreille. Au-dessus du vacarme et de la confusion, elle entendit clairement Boromashi annoncer : « Je dois marcher doucement, sinon je risque d'attraper une hémorragie. » Puis les trois tantes, repoussant la foule de chaque côté et jetant autour d'elles des regards belliqueux, ouvrirent la voie comme les courageux survivants d'un naufrage.

## UNE TRÈS JEUNE MARIÉE

Au premier sifflement du train, Mini se mit à pleurnicher. Le grondement retentissant de la locomotive à vapeur faisait parfaitement écho aux sentiments de la fillette de sept ans et elle y répondit par un cri tout aussi assourdissant. Les oncles qui entouraient la petite mariée furent choqués par ce changement d'humeur si soudain. Quelques minutes plus tôt, Mini était encore un balluchon de soie rouge et de bijoux qui riait et sautait en tous sens et qu'ils avaient posé dans un coin du compartiment puis oublié dans la confusion qui régnait pour monter les bagages dans le train. Le cortège de la mariée avait tiré la petite gare de sa torpeur, et maintenant que le train était sur le point de partir, l'effervescence atteignait des sommets. Certains distribuaient encore des cadeaux, et quantité de billets, après avoir été secoués autour de la tête de la fillette, étaient pressés contre sa paume ouverte mais réticente.

Brusquement, la plainte de Mini avait coupé court aux cérémonies du départ, et tous les parents présents, des hommes exclusivement, durent à contrecœur mettre fin aux étreintes pour consoler la fillette. Ils tapotèrent à tour de rôle le tas de soie sur ce qu'ils pensaient être la tête dans l'espoir de stopper ce bruit abominable. Quand leurs efforts s'avérèrent vains, ils se précipitèrent pour vérifier qu'aucun de leurs bagages n'avait été volé dans la confusion. Mini, qui ne voulait pas qu'on l'oublie si vite, se mit à brailler d'autant plus fort. Les oncles étaient maintenant déchirés entre l'envie de la consoler et celle de garder un œil sur leurs nattes de couchage et leurs malles. Mais où étaient donc les parents de cette misérable fillette ? se demandaient-ils en dissimulant leur irritation derrière un grand sourire.

Heureusement pour eux, les domestiques de la fillette arrivèrent à ce moment-là et prirent en charge le paquet. Les oncles, soulagés, retournèrent près de leurs bagages. Tous avaient reçu de magnifiques cadeaux de la part du père de Mini et voulaient les ramener à la maison sans encombre. Les invités du mariage rentraient chez eux satisfaits et repus. Ils avaient passé les quatre derniers jours à boire et à manger sans interruption et se tenaient maintenant assis, la main sur l'estomac, à roter de contentement au souvenir des mets délicieux qui s'étaient succédé dans la maison de Mini. « Un lait plus riche et du beurre plus doré que tous ceux que j'avais vus jusqu'à ce jour », dit un des oncles tout en prenant une pincée de poudre digestive pour calmer les gargouillis de son ventre. Le père de Mini, propriétaire de quatre hectares de champs fertiles, trente bœufs, vingt vaches et deux femmes, avait fait en sorte que sa fille adorée, cadette de sept garçons, ait un mariage dont on se souviendrait jusqu'à la fin des temps.

Les invités du mariage avaient non seulement été nourris toutes les heures comme des nouveaunés, mais ils avaient également reçu de somptueux cadeaux. Le père de Mini avait voulu que la dot soit aussi impressionnante que le mariage. « Je veux que les gens de la ville sachent que ma fille est une princesse », avait-il annoncé à ses deux femmes avant d'emballer la totalité de la dot dans un seul et même paquet afin que tout le monde reçoive le message clairement, et au premier coup d'œil. Cette dot était maintenant posée en plein milieu du compartiment occupé par Mini et ses suivantes, des femmes qui s'occupaient d'elle depuis sa naissance. Trois grosses malles noires formaient la base de la tour, et la nourrice de Mini, une vieille femme au regard perçant et à la parole mielleuse, avait été chargée de faire savoir à tout le monde qu'elles contenaient vingt tolas d'or, cinq douzaines de plateaux et de bols en argent, trente saris de brocart et cent en soie qui feraient office

87

de cadeaux pour les femmes de la famille qui n'avaient pu assister au mariage.

Les malles étaient fermées par deux gros cadenas, et pour une raison saugrenue, attachées l'une à l'autre par une corde solide, au cas où elles auraient voulu s'échapper. Des paniers de fruits, de bonbons et de noix étaient empilés tout autour. Des plateaux d'argent débordant de confiseries dépassaient de sous les voiles de soie rouge censés les dissimuler. Au beau milieu de tout ça, trois boîtes de ghee pur embaumaient le wagon de leur parfum lourd, et tout en ajoutant aux maux d'estomac des passagers, elles leur rappelaient aussi tous les bons souvenirs des festins partagés. Il y avait également quelques paniers de sucre brut auxquels s'ajoutait un gros morceau de sucre cristal. Posées au-dessus, des corbeilles de petites mangues jaunes et vertes, de goyaves et de régimes de bananes de la même couleur. Deux énormes jacques avaient été calés dans un équilibre précaire tout en haut de la pile, et maintenant que le train roulait, ils vacillaient dangereusement de droite à gauche. Mais ils ne tombèrent pas ; ils étaient fort heureusement soutenus par trois citrouilles orange de la taille de ballons de football. Les interstices étaient remplis de feuilles de bétel, de noix de bétel et d'épices.

On pouvait difficilement bouger dans le wagon réservé aux invités du mariage, et il

y avait beau y avoir quantité d'autres compartiments libres dans le train, tous se pressaient ici,
attirés par l'odeur doucereuse de l'empilement de
dot, comme des mouches par de la confiture. Le
père de Mini tenta de retrouver sa fille au milieu
de tout ce désordre, mais ne put qu'entraperce-
voir des bouts de son sari de soie rouge. Il voulait
pousser les hommes et prendre sa fille dans ses
bras pour l'emmener, mais ce n'était pas la chose
à faire en tant que père de la mariée. Alors il
essaya de garder le visage aussi impassible et
froid que celui qu'on attendait d'un des anciens
du village, riche propriétaire terrien qui plus est,
mais ses yeux étaient mouillés de larmes. Il
savait qu'il irait voir sa fille tous les jours, malgré ça son cœur était lourd de tristesse. Elle ne
lui appartenait plus. Il l'avait, en chantant
quelques mots de sanskrit incompréhensibles,
donnée à un autre pour toujours. Elle appartenait
désormais à tous ces étrangers et ne reviendrait
jamais plus vivre à la maison. Il ne faut pas montrer autant d'affection pour une fille, lui disait
souvent sa femme, mais cette fillette à la peau
sombre comptait bien plus pour lui que tous ses
grands et beaux fils à la peau claire.

Le train lâcha un grand soupir et entreprit de
s'éloigner lentement de la gare. La foule s'épar-
pilla et le père de Mini aperçut furtivement les
mains de sa fille, couvertes de bracelets, s'accro-
cher fermement aux barreaux de la fenêtre. Le

train accéléra, et en quelques minutes, il était déjà loin de la gare. Mini pleurait toujours, mais l'envie n'y était plus. Elle laissa échapper un dernier sanglot puis se mit à regarder avidement par la fenêtre. Elle n'était encore jamais montée dans un train. Elle commençait tout juste à se laisser bercer par les cahots, à accompagner le rythme saccadé des roues et à apprécier le paysage quand un vieil homme, venu inspecter la dot, lui tapota la tête et lui souffla, un peu tardivement : « Ne pleure pas, mon enfant. Tu seras bientôt chez toi. » Mini se remit immédiatement à gémir, comme si c'était ce qu'on attendait d'elle. Le vieil homme recula vivement et les oncles se lancèrent dans un concert de « Ne pleure pas », en jetant un œil accusateur à la nourrice. La vieille dame prit Mini dans ses bras et la pinça en accompagnant son geste d'un claquement de langue compatissant. Cette fois-ci, Mini cria pour une raison valable, mais comprit également le message de sa nourrice et baissa le ton de ses sanglots. Les oncles pensaient avoir bien accompli leur tâche et montré la sympathie attendue de la famille du garçon ; ils s'en retournèrent donc jouer aux cartes, la conscience tranquille.

Le train traversait des rizières qui, sous le soleil, étaient d'un vert éclatant, et Mini, ayant séché ses larmes, regardait défiler le paysage avec étonnement. Elle avait vu ce train traverser

son village tous les jours, mais c'était complètement différent d'apercevoir ces paysages fami-
liers depuis l'intérieur même d'un des wagons, à
travers la fenêtre. C'était comme si plus rien
n'était à sa place. Quand ils eurent traversé le
village, elle se demanda si elle reverrait jamais
ces formes brouillées et filantes, ou si celles-ci
s'évanouissaient pour toujours l'une après
l'autre juste après le passage du train. Mini commença à ressentir une douleur étrange qu'elle ne
connaissait pas. Ce n'était pas le mal de ventre
qu'elle avait quand elle mangeait trop de
mangues vertes, ou le mal d'oreille qui la
réveillait parfois la nuit. C'était une douleur
différente, lourde, qui la rendait malheureuse.
Elle tourna le dos à la fenêtre et se blottit
contre la large silhouette de la nourrice qui se
prélassait à côté d'elle. Elle ferma les yeux et
vit apparaître le visage de sa mère dans l'obscurité. Elle s'enfonça un peu plus encore contre
sa nourrice et, rassurée par l'odeur familière
d'huile de moutarde et de tabac, s'endormit en
suçant son pouce.

Lorsqu'elle se réveilla, un vacarme sans nom
l'entourait et elle fut éblouie par un cercle de
lumières vives qui lui firent mal aux yeux. Elle
les ferma tout de suite, puis en ouvrit un, lentement. Il n'y avait plus que des femmes autour
d'elle et les genoux sur lesquels elle était
appuyée étaient recouverts d'une soie douce. Un

parfum apaisant de bois de santal lui chatouilla les narines et elle entendit une voix calme murmurer : « Parlez moins fort, vous allez réveiller la petite. » Mini se sentit de nouveau chez elle et se rendormit immédiatement. La dernière chose qu'elle entendit fut : « Quelle peau sombre ! » Elle se demanda qui avait bien pu dire ça avant de plonger à nouveau dans un profond sommeil, dans le confort de ces genoux doux et parfumés.

Plus tard, le cri aigu d'un koel la réveilla et elle se redressa brusquement. Où suis-je ? se demanda-t-elle, prise de panique. Ce n'était pas le lit de sa mère. Il n'y avait pas de koel dehors, mais une chose étrange qui tournait et tournait au-dessus de sa tête. Mini sentit son cœur se serrer. Elle se souvint d'une fois où elle avait perdu sa mère dans une foire et n'avait été retrouvée qu'après une heure interminable. Elle fit alors exactement la même chose que ce qu'elle avait fait à ce moment-là. Elle leva le visage vers le plafond et se mit à pleurer bruyamment.

« Arrête. Tu vas réveiller ton beau-père », lui souffla la nourrice de quelque part près du lit. Mini se tut et rampa jusqu'au bord de la couche. Elle fut soulagée de trouver la nourrice recroquevillée à côté du lit comme un tas de vêtements. Elle sauta près d'elle et lui dit : « Renukaki, rentrons à la maison. Je n'aime pas cet endroit. »

La vieille dame caqueta à voix basse et pinça gentiment la joue de la fillette. « C'est ici maintenant ta maison, petite sotte. Tu dois passer le reste de ta vie ici, que tu le veuilles ou non. » Mini recommença à sangloter et la nourrice changea rapidement de ton : « Mais ton père va bientôt venir te voir, lui chantonna-t-elle. Et quand tu seras plus grande, on ira voir ta mère. Elle te donnera de nouveaux vêtements, et à moi aussi », dit-elle en lui chatouillant le menton. Mini riait. Elle entoura sa nourrice de ses bras. « Jouons à "Ikri Mikri Cham Chikri" », dit-elle, tout en étalant ses petits doigts fins sur le sol. Elle continua à poser des questions auxquelles la nourrice répondait d'une voix ensommeillée. « Pourquoi ont-ils autant de lampes ? Ils sont aveugles ? C'est quoi cette chose au plafond ? Comment ça bouge tout seul ? Personne n'habite ici ? » demandait-elle en balayant la grande pièce du regard.

A ce moment précis, la porte s'ouvrit, une vieille femme entra bruyamment et s'arrêta net. Elle haletait comme une locomotive. C'était la femme la plus grande et la plus grosse que Mini ait jamais vue. Elle bouchait l'entrée à elle seule. Mini pensa une seconde que la dame était coincée dans l'encadrement de la porte, et que c'était la raison pour laquelle elle n'avançait plus. Mais l'énorme silhouette prit de l'élan et pénétra avec fracas dans la chambre. Elle était enveloppée des pieds à la tête dans un voile blanc immaculé. Elle tenait dans une main un collier de perles et dans l'autre une canne. « Alors, voilà celle qu'ils ont choisie pour mon petit-fils », grogna-t-elle, faisant résonner sa voix dans la pièce et poussant Mini à se réfugier auprès de sa nourrice. « Touche les pieds de ta grand-mère », chuchota Renukaki, mais Mini était bien trop impressionnée pour bouger.

« Laisse-moi voir ton visage, fillette. Noir comme du charbon, mais on m'a dit que tu avais apporté beaucoup d'or. Montre-moi ça », dit-elle, la canne pointée comme une arme vers la nourrice. Celle-ci répondit dans un balbutiement que les malles étaient dans la chambre de la belle-mère de Mini. « Alors elle a déjà mis la main dessus, c'est ça ? Cette rapace. Elle veut m'empoisonner, vous savez », dit-elle, le regard fixé sur Mini, qui cacha prestement son visage dans le sari de sa nourrice. « Elle l'a caché quelque part dans la maison, le poison. Je le sais. Je le trouverai », pesta la vieille dame, tout en claudiquant tout autour de la chambre. Quand elle eut atteint l'autre côté de la pièce, Mini jeta un œil hors de sa cachette, sous le sari de la domestique, et se trouva nez à nez avec une jeune fille à peine plus âgée qu'elle. Elle aussi était vêtue de blanc et ses cheveux étaient coupés aussi court que ceux d'un garçon. Elle sourit à Mini et lui dit : « Parbati, viens là. Je suis ta belle-sœur. Je m'appelle Prabha. » Mini se demanda qui pouvait bien être Parbati, puis se souvint qu'on lui avait donné un nouveau nom après le mariage. Elle l'avait oublié. « Je m'appelle Mini », chuchota-t-elle à la jeune fille, tout en prenant garde de ne pas être vue par la vieille dame. Celle-ci examinait chaque objet de la pièce en traînant bruyamment sa canne derrière elle. Elle grommelait, et après avoir inspecté tous les recoins de la chambre, se dirigea vers le lit, donna un grand coup sur l'oreiller puis s'assit dessus. Des petits bouts de coton s'envolèrent et s'accrochèrent dans ses cheveux courts. Elle les enleva d'un geste brusque et demanda : « Combien de terres possède le père ? » La nourrice répondit immédiatement, comme si elle s'attendait à cette question.

L'interrogatoire avait débuté. La grand-mère lançait les questions les unes à la suite des autres, comme des boulets de canon, mais la nourrice parait le tir en répondant tout aussi vite, avant même que la vieille dame ait pu finir ses phrases. « Est-ce que les deux épouses se battent ? A-t-il une maîtresse dans un autre village ? Combien d'or a-t-il donné ? Est-ce que son père a tué son oncle ? » aboyait-elle, sans quitter Mini des yeux. La nourrice l'affronta avec bravoure sans baisser sa garde ni broncher une seule fois. De fait, elle agrémenta même de mensonges chacune de ses réponses et décupla ainsi la fortune du père de Mini, faisant également de lui un autre homme. Le temps que l'interrogatoire prenne fin, il avait acquis une cinquantaine d'hectares supplémentaires, cinquante vaches de plus, toute une écurie d'étalons, et une quantité d'or démesurée. La nourrice lui avait aussi décerné le titre de Rai Bahadur, s'était débarrassée de sa maîtresse, et avait transformé le bon vivant porté sur la bouteille en un homme irréprochable drapé de sainteté.

Elle avait tellement bien fait son travail en dépeignant une glorieuse image du père de Mini que même la grand-mère semblait impressionnée, et son visage austère se fendit d'une grimace assez proche du sourire. Elle se leva, boitilla jusqu'à Mini et la tapota fortement sur l'épaule. « Son nez est bien », dit-elle alors que Mini essayait de s'échapper. « Couvrez-la de tout l'or que son père a donné, cela cachera sa peau », grogna-t-elle, puis, dans un soupir, elle sortit clopin-clopant de la chambre.

La jeune fille en blanc la suivit, et en passant à côté de Mini, elle lui tira gentiment la tresse et fit une grimace en roulant des yeux. Mini éclata de rire et voulut la suivre mais sa nourrice la retint. Elle était sur le point d'ouvrir grand la bouche et de hurler de protestation quand un groupe de femmes entra dans la chambre. L'une d'elles, mince, le visage empreint de tristesse, s'approcha de Mini et la prit par le menton. « Elle est vraiment très foncée. Je pensais que la couleur serait plus claire à la lumière du jour », dit-elle d'un ton plaintif. Deux autres femmes s'avancèrent à ses côtés. Elles regardaient Mini d'un œil déçu et faisaient claquer leur langue, tour à tour, comme un groupe de poules agitées. La lèvre inférieure de Mini se mit à trembler et elle repoussa la main de la jeune femme avant de lui tourner le dos. Mais un bras couvert de bracelets la prit gentiment par l'épaule et la retourna. Une bouffée de cette odeur si particulière de bois de santal enveloppa Mini et elle réalisa que c'était sur les genoux de cette femme qu'elle s'était endormie la veille au soir. « Laissez-la tranquille, lança la femme au doux parfum en la prenant dans ses bras. Ce qui est fait est fait. Ce n'est pas la peine de revenir dessus. Elle est sombre, et alors ? Mon fils est assez clair pour deux. » Elle rit et serra Mini dans ses bras. « Viens, ma petite chérie. Je vais te donner un bain et t'habiller avec les nouveaux vêtements que j'ai faits pour toi. Et tout le monde se demandera : mais d'où vient cette magnifique princesse ? Personne n'osera dire qu'elle a la peau trop foncée », disait la jeune femme d'une voix chantante, mais Mini n'écoutait déjà plus. Elle resta là, debout, sans savoir que faire, prise de vertige à cause du choc. Suis-je donc noire et laide ? se demanda-t-elle.

C'était la première fois qu'elle entendait dire qu'elle était sombre. A la maison, ses parents, ses frères et les domestiques lui disaient qu'elle était la plus jolie des petites filles du monde, et son père l'appelait la princesse des fées. Sa grand-mère la comparait à une étoile filante. Parfois ses amis la taquinaient et lui chantaient *Kah Kuchkuche*, mais ce n'était qu'une plaisanterie. Pourtant ici, dans cette maison où sa nourrice avait dit qu'elle devait passer le reste de sa vie, ils ne cessaient de dire qu'elle était noire et ils n'aimaient pas son visage. Noire comme le charbon, elle se souvenait de l'avoir entendu la veille. Elle ne savait pas encore à ce moment-là qu'ils parlaient d'elle. Les yeux de Mini se remplirent de larmes, mais quelque chose en elle la força à les ravaler. Pourquoi devrais-je pleurer ? C'est une mauvaise maison ici. Je vais m'échapper, loin de ces horribles femmes, et rentrer chez moi tout de suite. Mini réfléchit du haut de ses sept ans, et en une poignée de secondes, sa décision était prise. Elle se dégagea des bras de sa belle-mère et courut vers la porte.

Les femmes en eurent le souffle coupé, mais aucune ne bougea. Le temps qu'elles retrouvent leurs esprits, Mini était déjà loin au bout du couloir. Elles décidèrent de ne pas lui courir après et préférèrent s'installer pour poser des questions à la nourrice. « Est-il vrai que son père a quatre fils illégitimes ? » commencèrent-elles, et la nourrice, déchirée entre son devoir et toute cette attention qu'on lui portait soudainement, resta quelques instants dans l'encadrement de la porte, indécise, puis répondit aux questions.

Mini avait atteint l'extrémité du couloir et traversait maintenant le palier à toute allure. L'immense demeure était pleine de coins et de recoins, de chambres et de couloirs, et les pas de Mini résonnaient sur les parquets polis. Elle ne connaissait pas la maison, mais réussit à se frayer un chemin à travers les galeries et les vestibules. Elle se sentait de plus en plus heureuse. Elle passa comme un éclair à côté de deux hommes qui la fixèrent avec étonnement, en oubliant leur partie d'échecs et leurs narguilés. Après avoir sauté par-dessus une silhouette qui dormait roulée en boule, elle contourna habilement un groupe de femmes qui papotaient. Les domestiques qui vaquaient à leurs occupations s'arrêtaient en pleine course et se collaient aux murs pour éviter la collision. Une femme malchanceuse poussa un hurlement de douleur quand Mini lui rentra dedans. Quelques enfants tapis dans divers coins sortirent de leurs cachettes et sans même lui demander pourquoi elle courait, se joignirent à elle. Mais Mini ne voulait pas de leur compagnie. Elle avait déjà fait trois tours de la maison et la connaissait bien maintenant. Elle prit des raccourcis et sema les autres enfants qui continuèrent à courir en criant tandis qu'elle se cachait dans un recoin sombre. Puis elle reprit sa course. N'ayant toujours aucune idée de l'endroit où elle voulait aller, Mini faisait le tour de la maison et passait d'une pièce à l'autre. Tout ce dont elle était sûre, c'est que dehors, il y avait des champs, et que si elle réussissait à les atteindre, elle n'aurait plus qu'à courir jusque chez elle. Mais toutes les portes étaient fermées à clé et Mini continuait à galoper, à la recherche d'une sortie. Comme un moineau coincé dans une pièce, elle se cognait aux meubles, aux piliers et aux portes.

Elle aperçut soudain une silhouette blanche au milieu du couloir. C'était la jeune fille qui était venue la voir en même temps que la vieille dame méchante. Peut-être qu'elle sait comment sortir de la maison, pensa Mini, et elle courut d'autant plus vite. Arrivée face à elle, elle se laissa tomber comme un tas de chiffons, le souffle court. La jeune fille l'aida à se relever et lui dit : « Viens, tu veux que je te montre un nid de perroquet ? » Elle ne demanda pas à Mini pourquoi elle courait de la sorte mais lui parla de tout et de rien en la guidant vers une petite pièce. Mini tremblait toujours mais n'était plus en colère. Ses yeux se remplirent malgré tout de larmes quand la jeune fille lui parla avec tant de gentillesse. Elle s'essuya prestement les yeux et le nez avec le bord de sa jupe, bien que la domestique lui ait interdit de le faire. Je partirai plus tard, pensa-t-elle, et elle suivit l'autre fille. « Comment tu t'appelles ? demanda-t-elle en reniflant.

— A la maison, on m'appelait Uma, mais ici ils m'appellent Prabha. Regarde, là, le perroquet », dit-elle, le doigt pointé vers un arbre à l'extérieur.

Elles allèrent jusqu'à la fenêtre pour regarder. Mini avait déjà vu des centaines de nids dans son village, et pas seulement de perroquet, mais elle ne dit rien, pour que l'autre fille ne soit pas triste de ne pas les avoir vus, elle aussi. Cette fille au visage rond et aux cheveux courts lui plaisait, et pour la première fois, elle se sentit bien dans la nouvelle maison.

« Pourquoi tu es coiffée comme un garçon ? s'enquit-elle tout en se blottissant près de la jeune fille devant la fenêtre.

— Parce que je suis veuve.

— C'est quoi une veuve ? demanda Mini, le regard fixé sur elle, les yeux débordant à nouveau d'une curiosité tout enfantine.

— C'est quand ton mari est mort, lui répondit-elle, le regard toujours tourné vers le perroquet.

— Il avait cent ans alors ? Ma nourrice dit que mon mari va vivre cent ans, chuchota Mini, contente de pouvoir partager un secret.

— Non, mon mari n'avait pas cent ans. Il était à peine plus âgé que moi. Mais il est tombé du toit et il est mort, l'imbécile. Grand-mère m'a dit de ne porter que du blanc. Et elle a coupé mes cheveux comme les siens. Ils étaient longs et épais avant, ça me faisait mal quand il fallait les peigner. Je les préfère maintenant. Ma tête est plus légère », dit-elle en riant, puis elle demanda : « Il y a beaucoup de nids près de chez toi ? » Mini commençait à lui décrire son village quand une voix forte se fit entendre derrière elles. « Prabha, où êtes-vous ? Ces misérables mériteraient bien quelques claques », murmurait-elle en approchant.

Mini reconnut la voix de la grand-mère et se souvint tout à coup qu'elle devait s'échapper. Elle sortit en trombe de la chambre et reprit sa course folle dans les couloirs. La voix tonitruante semblait la suivre et Mini pensait que les gros bras crochus allaient l'attraper d'un moment à l'autre. Prise de panique, elle entra dans une chambre dont la porte était entrouverte et referma derrière elle. De doux effluves de bois de santal l'accueillirent avec bienveillance et elle sut immédiatement qu'elle était dans la chambre de sa belle-mère. Elle se sentait en sécurité dans cette grande pièce lumineuse et décida d'y rester jusqu'à ce que le danger de la grand-mère soit passé. Appuyée contre la porte, elle entreprit d'examiner la chambre.

Des objets étranges en occupaient tous les coins, et les murs étaient couverts de lampes. Pourquoi autant de lumière ? se demanda Mini en s'approchant des ampoules, ensorcelée par leur éclat. Est-elle borgne, comme la mère de ma nourrice au village ? Elle toucha un gros bouquet de fleurs qui tenait bien raide dans un vase, et quand elle en approcha le visage pour sentir leur parfum, de la poussière se souleva et lui chatouilla les narines. Elle secoua la tête et se dirigea ensuite vers l'autre table, où un étrange objet noir brillait dans la lumière vive. Il y avait une petite roue d'un côté et une poignée. Près de là étaient posés un grand morceau de tissu et deux bobines de fil. Mini sut tout de suite qu'il s'agissait d'une machine à coudre. Elle avait entendu sa mère en parler, et son père avait dit qu'ils en achèteraient une à la ville. Le cœur battant d'excitation, elle avança une main et toucha la poignée. Après un gémissement de protestation, la roue se mit à tourner et l'aiguille à sautiller bruyamment de haut en bas. Mini retira prestement sa main, mais la machine ne s'arrêtait pas, l'aiguille continuait à frapper.

Tout à coup, un bruit assourdissant retentit au-dessus de sa tête, comme un énorme coup de marteau, et Mini, terrorisée, se couvrit des deux bras. Le bruit stoppa après quelques secondes, et elle en profita pour jeter un œil. Derrière elle se trouvait une immense boîte en bois dans laquelle il y avait une horloge. Elle avait déjà vu des montres à la maison, son père lui en avait même offert une petite en or, pour son anniversaire, mais celle-ci était aussi grosse qu'un monstre.

Tout dans cette maison était différent, étrange, terrifiant. Pourrai-je jamais rentrer chez moi ?

pensa Mini, tournant le dos à l'horloge. Elle lâcha un cri étouffé quand elle aperçut trois petites silhouettes en face d'elle. Puis elle se rendit compte qu'il s'agissait d'un miroir et qu'elle avait devant elle sa propre image sur trois faces différentes. Mais ça ne ressemblait à aucun des miroirs qu'il y avait chez elle. Celui-ci, entouré de lampes, ne pouvait appartenir qu'à une reine. Ses peurs envolées, Mini éclata de rire et courut jusqu'à la coiffeuse sur laquelle scintillaient des flacons aux bouchons d'or, des boîtes en argent, des foulards et des rubans de satin aux couleurs éclatantes. Les petites ampoules qui bordaient les miroirs renvoyaient une lumière crue et pour la première fois, la fillette put clairement voir la couleur de sa peau. L'étrange sentiment de mélancolie qui avait accompagné son arrivée dans cette maison refit son apparition. Mini perdit tout intérêt pour ce qui l'entourait. Elle donna un coup de pied dans la table et regarda autour d'elle d'un air abattu. Est-ce que « toute sa vie », c'était long ? Il n'y avait donc pas de porte de sortie dans cette maison ? Elle aperçut soudain, dans un bol en verre, une boule de poils. Serait-ce un animal ? Elle l'attrapa du bout des doigts. Un nuage de poudre parfumée s'en échappa et se déposa en une fine couche blanche sur ses mains.

« Alors, c'est ça qui les rend si claires ! » cria Mini pour elle-même, oubliant en un instant sa tristesse. Elle rit de bon cœur, les yeux pétillants comme ceux d'un mainate, et plongea la houppette dans le bol. La tenant fermement des deux mains, elle se recouvrit le visage de poudre blanche. « Je vais leur montrer qui est noire », murmura-t-elle, son cœur d'enfant vibrant de cette étrange et toute nouvelle envie de revanche. Mais quand elle leva les yeux et se trouva face à trois visages blancs et six yeux brillants, elle poussa un cri d'horreur avant d'éclater de rire.

Un rire étouffé s'échappa de sous le lit, et Mini, terrifiée, en fut réduite au silence. Le rire s'amplifia, et une petite tête couverte de boucles brunes émergea de sous le couvre-lit à pompons. Le garçon essayait bien de se retenir, mais son corps était secoué de spasmes à chaque éclat de rire contenu. Mini voulut lui donner un coup de pied, mais quand elle vit à nouveau son propre visage, elle s'esclaffa elle aussi. Le garçon n'en gloussa que plus fort et ils rirent tous deux à gorge déployée. Il se roulait par terre, la main sur l'estomac.

« Qui es-tu ? » demanda-t-elle quand le calme fut à peu près revenu, les yeux fixés avec curiosité sur le visage du garçon dont la peau était aussi blanche que la sienne couverte de poudre. « Je suis ton mari. Tu ne te souviens pas de moi ? Je suis venu chez toi pour le mariage », lui dit-il d'un air inquiet. Mini se souvint alors d'avoir aperçu son visage parmi la foule d'invités. Elle ne l'avait pas vu pendant la cérémonie parce qu'elle avait fermé les yeux tout du long ; la fumée du feu rituel l'aveuglait. Après ça, elle s'était endormie sur les genoux de son père. « Pourquoi as-tu mis la poudre de ma mère sur ton visage ? Elle ne va pas être contente. Elle la fait venir exprès d'Angleterre. Mais tu es si drôle comme ça », reprit-il en riant.

Mini ne voulait pas répondre à sa question, alors elle lui en posa une à son tour : « Pourquoi te caches-tu sous le lit ? » Le visage épanoui du garçon s'assombrit d'un seul coup et il répliqua : « J'ai perdu la pièce que ton père m'a donnée au mariage. Si mon père l'apprend, il me battra. C'est pour ça que je me cache sous le lit de ma mère. Elle ne le laisse pas me battre », chuchota-t-il, le visage encore plus pâle que l'instant d'avant. « Comment tu t'appelles ? » demanda Mini. « Arjun », répondit-il d'une petite voix. Mini était vraiment désolée pour ce garçon si mal traité dans cette maison, malgré sa peau claire. Ils n'aiment donc personne ? pensa-t-elle. « Je vais te donner une pièce d'or. Il y en a plein dans mes malles », lui dit-elle, puis elle lui tapota le dos comme elle avait vu faire sa mère avec ses frères. Les yeux d'Arjun s'illuminèrent à nouveau et lui renvoyèrent un regard plein de gratitude. Mais en voyant son visage, il se remit à rire et lui avoua : « Tu ressembles au clown dans le cirque. Tu sais, le petit.

— C'est quoi un cirque ? demanda Mini avec intérêt.

— Tu ne sais pas ce qu'est un cirque ? Il y a des tigres, des ours qui savent faire du vélo et des chiens qui sautent au-dessus du feu. Je t'y emmènerai un jour », osa-t-il timidement, son visage ivoire reflétant la faible lumière. Mini le regarda alors avec étonnement. C'était le plus beau garçon qu'elle ait jamais vu. Je ne laisserai jamais personne le battre ou le faire pleurer, décida-t-elle avec fermeté, puis elle commença à lui décrire tous les animaux sauvages qu'ils voyaient parfois dans les champs autour du village. Il l'écouta, les yeux écarquillés, et oublia la magie du cirque quand elle lui parla de l'éléphant qui avait un jour chargé dans le champ de cannes à sucre, du serpent qui était sorti du placard de sa mère, de son frère qui avait abattu une panthère sur le point d'attaquer le bétail. Elle lui raconta comment son père avait attrapé un écureuil pour le lui ramener et lui décrivit les centaines de nids qui peuplaient le vieux banian à côté du puits du village. Elle bavardait gaiement, cachée sous le lit à ses côtés, et était heureuse de le voir impressionné par ses histoires.

Ils furent surpris par un bruit de cliquetis et Mini, apeurée, se recroquevilla. « Ne t'inquiète pas. C'est grand-mère, mais elle ne nous verra pas. Elle est trop grosse pour se baisser », chuchota Arjun. Ils retenaient leur souffle, les yeux fixés sur les pieds de la vieille dame qui était entrée et arpentait la chambre en clopinant. « Elle essaye de me tuer, cette sorcière. Mon imbécile de fils ne voit rien. Il est complètement aveuglé par sa jolie frimousse et cette horrible odeur de bois de santal. Mais moi je connais la vérité. Des voix me parlent, elles me mettent en garde », grommelait-elle en traînant son énorme corps d'un bout à l'autre de la pièce. Elle alla jusqu'à la coiffeuse, prit les flacons un par un pour en sentir le contenu avant de les reposer et murmura : « Des flacons de potions magiques pour ensorceler mon fils, diablesse. »

Quand elle fut à l'autre bout de la pièce, à marmonner avec colère tout en regardant par la fenêtre, Arjun attrapa la main de Mini et ils se précipitèrent hors de la chambre. Ils coururent aussi vite que possible et arrivèrent dans le hall qui grouillait d'invités assis là, à prendre le thé. Une adolescente aux dents proéminentes chantait d'une voix nasillarde, mais personne ne l'écoutait vraiment, car juste derrière elle, un homme et une femme, saouls tous les deux, se disputaient violemment. Mini se sentit comme à la maison au son de cette querelle. Ses parents se disputaient souvent, eux aussi, à la nuit tombée. « Tu as dit ça la dernière fois, et je t'ai cru. Mon malheur, c'est d'avoir épousé un menteur… un menteur alcoolique », lança la femme, prenant la foule d'invités à témoin. Le mari s'affala dans un fauteuil et la fixa. Puis, sans prévenir, il se leva et cria : « Cette femme me rend fou ! » avant de tituber dans sa direction. Tout le monde s'avança dans l'espoir d'assister à une vraie bagarre, avec des coups et des gifles, peut-être même du sang.

Mais l'homme se contenta de chanceler jusqu'à une table proche et d'y boire bruyamment un verre d'eau. « Cette femme me rend fou », reprit-il d'une voix faible, comme s'il répétait son texte pour une pièce de théâtre. Dans le silence qui suivit, l'adolescente reprit son chant de plus belle, mais les invités, déçus par la chute de la dispute, étaient déjà en quête d'autres distractions. Comme par enchantement, la grand-mère surgit de derrière un pilier et s'imposa au centre de la pièce. « J'ai trouvé le poison ! dit-elle d'une voix puissante secouée d'un léger tremblement. La sorcière l'avait caché dans la cuisine. Nous allons enfin connaître la vérité. La meurtrière va être confondue », clama la vieille dame avant de se diriger majestueusement vers la cour devant la cuisine. Les invités, excités, la suivirent. Arjun, Mini et Uma, qui était apparue discrètement derrière la grand-mère, se joignirent à la procession qui avançait et grossissait à chaque pas. Quand ils arrivèrent devant la cuisine, la grand-mère demanda à tous les cuisiniers, y compris ceux embauchés pour le mariage, de s'avancer et de se mettre en ligne.

Ils obéirent prestement dans l'espoir d'être récompensés par la vieille dame.

« Alors, où est le poison ? Lequel d'entre vous l'a caché ? Répondez ou je vous mets à tous des menottes ! » hurlait-elle. Les cuisiniers la fixèrent avec stupeur, avec un sourire figé. « Ma, on n'a rien, pas de poison. On est venus cuisiner pour le mariage. Vous nous connaissez, Ma. On vient cuisiner pour toutes les fêtes de votre maison », gémissaient-ils. La peur faisait dégouliner la sueur sur leurs visages. La grand-mère, tout à coup revigorée, s'empara de sa canne et longea la file de cuisiniers, donnant une tape dans la nuque à chacun, comme pour en vérifier la qualité. Ils la fixaient d'un œil terrorisé et souriaient bêtement de soulagement quand elle passait au suivant. Elle s'arrêta face à l'un d'eux, le regard noir. « Enlève ton dhoti, escroc ! hurla-t-elle d'une voix aiguë.

— Mais, Ma, j'ai pas de poison. Croyez-moi, je vous jure », balbutia l'homme, les mains agrippées à sa gorge. La grand-mère ignora ses supplications et lui asséna un grand coup de canne dans l'estomac.

« Défais ce nœud. Je vais appeler le daroga et te faire envoyer en prison, espèce de démon ! » cria-t-elle. L'homme laissa tomber son dhoti. Retentit alors un terrible cri d'horreur, suivi d'une exclamation triomphale de la vieille dame, tandis qu'une douzaine de bonbons écrasés luisants de ghee tombaient un à un du pli du dhoti. Le coupable se tenait face à la foule, dans son caleçon rayé rouge et bleu, le torse poilu et les jambes fléchies, défiant tout le monde du regard. Puis il plia calmement son dhoti, le prit sous son bras et quitta la scène du crime.

« Je vous avais bien dit que c'était le voleur. J'ai senti le ghee sur lui, dit la grand-mère d'une voix excitée, sa recherche du poison évincée par la découverte du voleur de bonbons. Arjun, va chercher ton père. Dis-lui que sa femme bien-aimée a fait entrer des dacoïts dans la maison, pour qu'ils nous volent et nous ruinent – elle jubilait –, et me tuent », ajouta-t-elle au soudain souvenir de sa quête première.

Arjun s'éclipsa avant qu'elle n'ait pu ajouter quoi que ce soit, et Uma attrapa la main de Mini pour l'emmener dans la maison. Mini entendait encore au loin la voix de la grand-mère qui continuait à crier, mais les invités, satisfaits par la fin dramatique, commençaient à se diriger de nouveau vers le hall, à la recherche de thé ou d'un de ces bonbons qu'ils venaient de voir. Les cuisiniers, qui s'étaient alignés les uns à côté des autres pour l'inspection, discutaient maintenant bruyamment et riaient en retournant se mettre au travail. La grand-mère, déçue que son moment de gloire soit passé si vite, tempêtait toujours, mais il n'y avait plus que quelques corbeaux autour d'elle, et même eux étaient trop occupés à picorer les bonbons pour l'écouter.

La journée passa lentement après cet événement, et Mini ressentit à nouveau le mal du pays. Mais elle avait abandonné pour l'instant l'idée de s'enfuir puisqu'elle avait trouvé Uma et Arjun. Pendant les deux jours qui suivirent, tous trois jouèrent et s'amusèrent comme de vieux amis. Mini et Arjun étaient souvent emmenés à des cérémonies diverses, mais ils s'échappaient rapidement pour rejoindre Uma dans sa petite chambre. La jeune fille n'avait pas le droit d'assister aux cérémonies du mariage et restait donc seule comme une prisonnière dans sa cellule. Arjun et Mini ne comprenaient pas pourquoi elle ne pouvait venir, mais ils acceptaient ce fait comme une de ces nombreuses et mystérieuses règles imposées par les adultes. En revanche, ils cachaient tous les bonbons qui leur étaient offerts et couraient les partager avec Uma dès que la cérémonie était terminée. Ils se blottissaient les uns contre les autres sur le matelas posé à même le sol, et la forçaient à manger les bonbons volés. Ils la faisaient rire en imitant la voix ou l'attitude de tel ou tel invité. Il y avait d'autres enfants qui avaient accompagné leurs parents au mariage dans la maison, mais Arjun, Mini et Uma les ignoraient, formant un trio secret. La nourrice passait de temps en temps vérifier que Mini mangeait assez, mais retournait bien vite à son auditoire avide de connaître la suite de ses histoires terribles et incroyables sur le village et la jungle.

Deux jours passèrent ainsi rapidement, l'armée d'invités mangeait, dormait et se querellait joyeusement à tour de rôle, pendant que la mère d'Arjun arpentait la maison, suivie d'un nuage d'effluves de bois de santal et du doux tintement de ses bijoux. Elle donnait des ordres aux domestiques, écoutait des fragments de commérages offerts par les invités, les priait de manger plus, tempérait des disputes naissantes à chaque minute et arrangeait de nouveaux mariages. Elle gardait prudemment un œil sur sa belle-mère qui la suivait comme une ombre sans cesser de murmurer des accusations. Quand elle croisait Mini et Arjun, elle leur tapotait la tête d'un air distrait, leur donnait quelque chose à manger, puis les oubliait.

L'après-midi du troisième jour, alors que toute la maison était assoupie à la suite d'un énorme repas, Mini se mit à réclamer sa mère à grands cris et demanda à rentrer chez elle. Uma et Arjun essayèrent de la calmer, mais elle ferma les yeux et les poings et hurla de plus belle. Arjun, dérouté par le soudain changement d'humeur de sa toute jeune épouse, courut chercher la nourrice. Uma, pour tenter de distraire Mini, lui proposa de lui montrer à nouveau le nid, mais celle-ci refusa d'un gémissement. « Viens,

113

je vais te montrer quelque chose que tu n'as encore jamais vu. Un lit en argent aussi petit que ta main. » Mini cessa immédiatement ses pleurs et suivit la jeune fille vers une pièce reculée de la maison. « Mais avant, nous devons nous changer et mettre des vêtements de puja », lui dit Uma.

Elles pénétrèrent dans une grande salle de bain au milieu de laquelle étincelaient des seaux en cuivre et Uma sortit un vieux sari blanc pour Mini. « Je sais pas le faire ; à la maison c'est Renukaki qui me lave », dit Mini, son regard désemparé tourné vers Uma. « Je vais m'en occuper. Je ne savais pas m'habiller non plus quand je suis arrivée ici. J'ai appris », lui répondit la jeune fille tout en l'aidant à se déshabiller. Elle lui versa deux tasses d'eau sur la tête et enveloppa la petite silhouette dans le sari blanc. Mini, qui ressemblait maintenant à une momie égyptienne, ne bougeait plus d'un pouce. Uma se lava et se changea elle aussi en enfilant un sari blanc. Les deux filles entrèrent dans la salle de puja, bras dessus, bras dessous, laissant derrière elles des traces de pas humides. L'aînée prit les choses en main, tria les fleurs fanées et nettoya les petits verres et assiettes en argent. Puis elle enleva avec soin les colliers du cou des idoles et les posa à côté. Mini voulait demander à Uma où était le lit en argent, mais l'air solennel de son aînée l'en empêchait. Uma nettoyait maintenant les statuettes en marbre tout comme elle avait lavé Mini quelques minutes plus tôt. Puis elle leur remit les bijoux et les vêtements. Elle déposa des fleurs fraîches à leurs pieds et alluma des bâtonnets d'encens. « Ferme les yeux et joins les mains », chuchota-t-elle à Mini. Elles prièrent en silence.

Mini resta calme quelques secondes, mais bientôt elle ne put résister à l'envie d'ouvrir les yeux. Uma était assise, les yeux fermés ; des larmes roulaient sur ses joues. Elle chantait d'une voix douce et Mini se sentit soudain très triste. A la maison, sa mère et sa tante chantaient des chansons joyeuses et riaient quand elles allaient au temple. Elles ne restaient pas assises, comme ça, en silence. Après avoir terminé ses prières, Uma se tourna vers Mini. « Maintenant je vais te montrer le lit en argent. » Elle se dirigea vers une petite alcôve située dans un coin de la pièce et releva le rideau en velours qui la fermait. Mini vit alors quatre minuscules lits en argent avec chacun un oreiller à franges et une moustiquaire. Elle s'approcha un peu plus, espérant qu'Uma prendrait les statuettes des dieux et les mettrait au lit, comme elle le faisait avec ses poupées à la maison. Mais à sa grande déception, Uma se contenta de remettre les draps en place et de rajuster les moustiquaires. « Viens, allons-y. Mais avant, nous allons faire le pranam bien comme il faut. »

Au moment précis où les filles sortaient de la salle de puja, elles entendirent un grand coup de canne, et la grand-mère apparut devant elles, aussi imposante qu'un navire de guerre aux voiles blanches claquant au vent. « Oh, mon Dieu ! Qu'as-tu fait ? » hurla-t-elle, les yeux exorbités. Uma recula vivement, non sans mettre un bras protecteur devant Mini. La vieille dame s'avança en titubant et agrippa l'épaule d'Uma. Elle la secoua violemment et la gifla. « Espèce de fille du diable ! Tu as avalé l'un de mes petits-fils, et tu veux l'autre maintenant ! Pourquoi l'as-tu habillée en blanc, sorcière, par jalousie ? » Uma ne bougeait pas, on aurait dit une statue sans vie. Elle laissa la vieille dame la secouer jusqu'à ce que ses dents s'entrechoquent. Mini ne savait pas vraiment ce qui se passait, mais elle devait aider Uma. Elle sauta sur la grand-mère et enfonça ses dents dans son ventre protu-bérant. La vieille dame, surprise par cette attaque inattendue, lâcha le bras d'Uma et se retourna. Mais Mini s'accrochait comme un petit singe et ne voulait pas lâcher prise. La grand-mère se débattait, jurait et secouait maladroite-ment son corps, mais la petite fille ne se détachait pas. Les deux silhouettes vêtues de blanc virevoltaient dans la pièce en une danse grotesque.

Uma les fixait d'un air ahuri puis s'enfuit brusquement hors de la pièce. Mini lâcha sa victime et courut après la jeune fille. « Va te changer. Je t'envoie la nourrice. J'avais oublié que tu étais une jeune mariée », dit Uma avant de disparaître dans le dédale de couloirs. Mini ne la revit pas pendant très longtemps. La nourrice vint s'occuper de la mariée en sanglots. « Je t'ai cherchée, dit-elle avec un doux sourire. Ne pleure pas, ma princesse. Ton père va bientôt venir pour te ramener à la maison. » Mais Mini ne pleurait plus parce qu'elle voulait rentrer chez elle. Elle pleurait pour Uma et pour toutes ces expériences effrayantes qu'elle avait vécues dans cette maison qui était désormais la sienne. Elle savait très bien qu'ils ne la laisseraient pas rentrer chez elle, que Renukaki mentait. Elle ne comprenait pas pourquoi elle se sentait si triste et en colère, elle se mit à pleurer le plus fort possible. Cela l'aida immédiatement à se sentir mieux. Elle aperçut Arjun tapi derrière les rideaux. « J'ai retrouvé la pièce d'or, murmurat-il. Mon père ne me battra pas. Regarde ce que j'ai pour toi. » Il lui tendit une plume d'un beau bleu-vert et Mini sourit à travers ses larmes. Arjun lança la plume dans les airs, et celle-ci se posa doucement sur la tête de la nourrice. Renukaki, trop occupée à consoler et à cajoler Mini, ne sentit pas la plume perchée sur sa tête comme sur celle d'un empereur. Les deux enfants suivirent ensuite la nourrice en essayant de ne pas glousser trop fort. Puis Mini oublia

117

Uma et rit de bon cœur en voyant son mari imiter la démarche de sa vieille nourrice. Ce fut le premier d'une quantité innombrable de secrets partagés pendant toute une vie.

On retrouva la plume sous l'oreiller de Mini quand celle-ci décéda soixante-dix ans plus tard. Le bleu-vert était devenu blanc, mais la plume était aussi parfaite qu'au premier jour.

# LES PREMIÈRES VACANCES DE R.C.

Un beau matin, après le petit déjeuner, Rathin Chandra Banerjee décida d'emmener sa famille en vacances. Personne ne sut ce qui lui prit ce jour-là, car il n'avait encore jamais ressenti le besoin de faire une pause dans sa vie organisée avec précision selon des règles qu'il avait lui-même imposées quelque quarante années plus tôt. Ces règles étaient comme gravées dans la pierre, et la famille de R.C. s'y soumettait sans jamais les remettre en question. Alors pourquoi ce désir soudain de briser la routine et de partir en vacances ? Quelles pensées avaient bien pu traverser l'esprit de cet homme silencieux et sévère, en ce matin fatidique, au point de le faire s'éloigner si brusquement du droit chemin qu'il avait tracé avec soin ? Peut-être était-ce la monotonie de ses petits déjeuners – deux tasses de thé Lipton Green Label très léger avec un morceau et demi de saccharine, et deux biscuits secs – qui lui avait donné cette envie soudaine de quitter la maison. Ou le fait qu'il n'avait encore jamais directement adressé la parole à sa fille de quinze ans dont la naissance, arrivée à un âge où l'on aspire à se détendre, l'avait choqué et embarrassé au point qu'il ne s'en était toujours pas remis. Avait-il brusquement envie de faire connaissance avec cette étrangère qu'était sa femme ou ressentait-il le besoin coupable de libérer sa mère de quatre-vingts ans d'une vie passée comme une recluse dans une pièce sombre avant qu'elle ne meure et ne quitte la maison seule ? Quelles qu'en soient les raisons, elles le poussèrent à changer son emploi du temps réglé comme du papier à musique pour se plonger dans un voyage qui allait les emmener d'Agra à Rishikesh en passant par Mathura. Il avait d'abord décidé d'emmener les femmes à Simla, mais cette station de montagne, autrefois réputée pour son animation pendant le Raj, lui semblait trop frivole. Hardwar et ses temples anciens et Rishikesh, nichée contre le fleuve sacré du Gange, étaient un bien meilleur choix.

Bien entendu, ces vacances n'avaient rien d'un voyage d'agrément, et R.C. le leur fit savoir dès le début. C'était une tâche, un pèlerinage qui devait être accompli avec une discipline stricte et du courage. Sur le chemin, ils devraient surmonter des obstacles, résister à des tentations diaboliques et éviter les embûches. Ce serait un véritable test de force morale, un défi.

R.C. était en effet bien conscient qu'il ne serait pas facile de tirer les femmes hors de leur foyer et de leur routine sécurisante pour une chose aussi étrange et inconnue que des vacances. Elles étaient maintenant formées à la perfection, et depuis quarante ans, la famille suivait un chemin bien précis, c'est-à-dire depuis le jour où il en avait pris la charge à l'âge de dix-neuf ans, au décès de son père. Le jeune homme, sérieux et consciencieux, avait réussi, au prix d'un travail acharné, à payer les dettes paternelles, à marier deux sœurs obèses au physique ingrat et à se faire rembourser par tous les mauvais payeurs de son géniteur. Non seulement ça, mais il avait également réduit les dépenses ménagères de moitié, congédié la plupart des domestiques, envoyé promener les divers parents qui occupaient la maison, et fait changer la plomberie de l'immense demeure en ruines. Il s'était également trouvé une épouse fortunée qui avait des terres et pas de frères. Cela n'avait pas été facile, mais il avait réussi. Son esprit était aiguisé comme un couteau et sa volonté inébranlable. Il était bien plus sage que son âge ne le laissait paraître. Son seul handicap étant sa jeunesse, il cultivait un froncement de sourcils qui ne lui donnait pas seulement quelques années supplémentaires, mais aussi un air sévère. Malheureusement, ses boucles brunes tombant en mèches folles sur son front réduisaient à néant tous ses efforts. Il aurait voulu avoir déjà des cheveux blancs, ou mieux encore, un début de calvitie au niveau des tempes qui lui aurait donné un air plus respectable. Mais la nature refusait de lui obéir, et ses cheveux poussaient en abondance. Pour compenser le manque de sérieux de son visage, il décida de porter des lunettes avec une épaisse monture, malgré une vue excellente, et se mit même à marcher légèrement voûté. Les gens, en particulier les anciens amis de son père qui essayaient d'abuser de ce jeune homme gauche et étrangement calme, furent choqués de s'apercevoir qu'il en savait bien plus qu'eux dans ce domaine. « Son père était tellement gentil et généreux, tout le village l'appréciait », marmonnaient-ils en payant leurs dettes.

R.C. prit la direction du cabinet juridique en faillite de son père et en fit rapidement une entreprise réputée. Malgré son jeune âge, il était respecté et admiré de tous, mais faisait en sorte de ne pas avoir d'amis. A chaque fois que son inclination le portait vers un autre être humain, il se remémorait les dernières paroles de son père : « Fais attention aux amis, ils te ruineront avant n'importe lequel de tes ennemis. » Alors, telle une tortue, il se réfugiait dans une carapace protectrice composée de couches successives de discipline et de règles. R.C., avocat talentueux et honnête, fut nommé juge à la fin de sa carrière.

La légende racontait qu'il n'avait jamais eu besoin d'user de son marteau pour faire revenir le calme dans son tribunal, et que les accusés dont la culpabilité avait été prouvée écoutaient sagement leur condamnation.

Dans son foyer, il régnait également avec une main de fer ; sur sa vieille mère qui avait une propension à l'entêtement et devait être surveillée, sur sa femme rêveuse dont les pensées vagabondaient en terre inconnue, et sur sa fille, obéissante mais dont le regard laissait présager un caractère sauvageon. Pas une seule fois R.C. ne lâcha de lest. Il les dirigeait comme un despote et les modelait à sa guise. En fait, il n'élevait jamais la voix, se montrait toujours gentil et ne faisait acte de présence que quelques heures avant son départ pour le tribunal. Mais les femmes sentaient sa présence et son œil critique les suivait comme une ombre ; même la nuit, quand il s'introduisait subrepticement dans leurs rêves, il leur arrivait de murmurer des excuses d'un ton gémissant. Elles avaient à cœur de rester du bon côté de la ligne qu'il leur avait dessinée et étaient terrifiées à l'idée de la franchir accidentellement. Pour l'instant, aucune ne l'avait fait.

Ma piétinait fréquemment cette fameuse ligne, elle ne l'avait encore jamais réellement franchie. Quant à Protima, qui vivait dans son monde, elle ne s'en approchait même pas par inadvertance, et Ruma était trop jeune pour imaginer qu'une telle chose soit possible. Etrangement, elles se satisfaisaient de cette vie tracée pour elles par R.C. et s'étaient même habituées à cette angoisse qui les tenaillait à l'idée qu'il soit déçu, angoisse qui pesait lourdement sur leurs épaules. Les femmes savaient exactement ce qu'il n'aimait pas, mais aucune d'elles n'avait la moindre idée de ce qu'il aimait, si tant est qu'une telle chose puisse exister. Si elles avaient un jour eu l'idée de dresser la liste de tout ce que R.C. détestait, la plupart des mots auraient pu être soulignés au stylo rouge : les femmes qui parlent et rient trop bruyamment, le manque de ponctualité, les animaux, les films, toute musique qui ne soit ni pieuse ni guerrière, oublier d'éteindre le ventilateur ou la lumière et oser parler (même tout doucement) pendant qu'il écoutait les informations à la radio. Il n'aimait pas les enfants turbulents, les vendeurs ambulants et les femmes aux cheveux courts. « On devrait les fouetter », disait-il souvent, sans qu'on sache s'il parlait là des femmes aux cheveux courts, des enfants turbulents, des marchands ou des trois à la fois. De toutes les choses qui provoquaient la colère de R.C., ce n'étaient que les principales, et les femmes avaient appris à les respecter.

Mais ce que R.C. exécrait par-dessus tout, c'était le changement dans ses habitudes et le fait de ne pas pouvoir suivre à la seconde près son emploi du temps quotidien. Les femmes en étaient bien conscientes, et pas une ne respirait calmement tant que R.C. n'avait pas quitté la maison. Elles s'assuraient que les domestiques suivaient précisément le code de conduite et ne dépassaient pas le temps imparti pour chaque tâche. Les employés de maison, qui avaient pourtant accompli l'exercice des centaines de fois, tremblaient encore de peur que quelque chose ne soit pas au goût du maître. Le thé du matin, dont la couleur et la température devaient être parfaites, était servi à 6 heures précises. Le journal impeccable, sans le moindre pli, touché par les seules mains de l'imprimeur et du livreur ; bain d'eau froide même en hiver à 7 h 30, astiquage au savon Lifebuoy ; massage à l'huile Cantheridine sur ses boucles grisonnantes à 7 h 45 ; pour 8 heures, habillé d'un pantalon et d'une chemise d'un blanc éclatant et dont la coupe n'était plus en vogue depuis les années d'après-guerre ; prières ; petit déjeuner constitué d'un œuf à la coque cuit pendant précisément deux minutes et d'un toast qui devaient être posés devant lui au moment où il s'asseyait (quelques secondes d'avance ou de retard avaient coûté leur emploi à nombre de domestiques) ; puis départ pour le tribunal dans la vieille Ambassador à 8 h 30. Jusqu'à son départ, personne ne pipait mot car il n'aimait pas les bavardages. En cas de besoin, les femmes et les domestiques recouraient au langage des signes ou attendaient qu'il ait quitté la maison pour pouvoir s'exprimer. A son retour, en fin de journée, c'était la même chose, à la différence près qu'il était possible de lui adresser la parole. Mais comme personne n'en avait envie, les soirées se déroulaient elles aussi dans le silence le plus total.

Pas une seule fois cette routine ne changea, et ils traversèrent les morts, les naissances, les mariages, la guerre et l'indépendance de l'Inde sans la modifier d'un pouce. Un jour, souffrant d'une fièvre d'au moins quarante degrés, R.C. se leva comme d'habitude, prit son petit déjeuner, puis retourna se coucher, lavé et habillé comme le cadavre d'un homme important sur le point de recevoir des funérailles nationales.

Et voilà qu'aujourd'hui, après avoir suivi ce droit chemin pendant quarante ans sans jamais en dévier, R.C. réclamait du changement. Les femmes ne savaient comment réagir à un tel ouragan dans leurs vies mornes et mortellement prévisibles. « Des vacances ! Et pour quoi faire ? On n'est pas des enfants, on n'a pas besoin de vacances. Il devient fou en vieillissant ? » siffla Ma une fois qu'elle fut certaine que son fils avait bien quitté la maison. Protima était elle aussi affectée par cette décision brutale. Elle sortit de la mystérieuse bulle où elle vivait recluse pour dire : « Comment allons-nous faire ? Le monde grouille de dangers que nous ne connaissons pas. Comment savoir ce qui lui déplaît ? » Elle était terrifiée.

Mais le R.C. qu'elles connaissaient ne changeait jamais d'avis, et de toute façon, n'ayant pas daigné leur adresser directement la parole depuis de longues années, il n'avait pas la moindre idée de ce qu'elles en pensaient. Les instructions furent donc données, elles firent ce qu'on leur demandait, et le petit groupe quitta la tranquillité et l'ombre de l'avenue d'Agra pour explorer le monde qui s'étendait devant lui. Un territoire inconnu dominé par le chaos, les règles bafouées, ou pire encore, l'absence de limites. Ce monde, lové comme un serpent devant leur porte, les attendait depuis toujours pour les engloutir, et R.C., qui avait protégé ses femmes de son influence diabolique pendant tant d'années, fut traversé par une intense appréhension au moment de franchir le seuil avec ses ouailles. Cependant, il ne laissa paraître aucun signe de faiblesse devant ses femmes et, tout en serrant les dents, il les amena en rang serré jusqu'à la voiture, à 8 heures précises comme l'indiquait l'emploi du temps. Il avait planifié chaque étape méticuleusement et écrit de sa belle écriture un planning que chaque membre de la famille se devait de suivre à la lettre. Chaque objet emballé s'était vu attribuer un chiffre afin que toute chose ait une place bien précise. Les valises avaient été chargées dans la voiture en fonction de leur importance ; la grosse valise noire de R.C. trônait sur le dessus de la pile, tandis que le petit sac de Ruma et le vieux balluchon du chauffeur étaient au fond du coffre. N'ayant aucune confiance en ces gribouillis que représentaient les cartes routières, il avait tracé avec une précision militaire son propre itinéraire qui allait d'Agra à Hardwar sans déviation aucune.

Les bagages avaient été chargés dans la voiture bien en avance et après un contrôle sévère ; R.C. ne voulait pas voir le moindre objet superflu. Puis, une fois les femmes placées sur les sièges arrière et les portes verrouillées, la voiture prit discrètement la route. Personne ne vint leur souhaiter bon voyage. R.C. regardait droit devant lui, le menton relevé, comme un capitaine en quête de nouvelles terres, et tenait fermement le volant. Assis à ses côtés, le vieux chauffeur qui était au service de la famille depuis de longues années et avait survécu au changement de direction quand R.C. avait pris les rênes de la maison. Basant était d'ailleurs le seul à se souvenir du jeune et souriant R.C. puisque même sa propre mère ne se rappelait pas l'enfance de son fils. Coincée sur le siège arrière, celle-ci essayait vainement de croiser les jambes dans l'espace réduit qui était imparti aux trois femmes. « Je ne peux pas laisser pendre mes jambes comme ça, elles vont enfler et finir par éclater », souffla-t-elle à Protima qui ouvrait grand les yeux et observait avidement les rues d'Agra qu'elle n'avait encore jamais vues. Assise au milieu, Ruma était écrasée entre le dos indifférent de sa mère et les genoux osseux de sa grand-mère. Elle fixait désespérément les deux cols amidonnés des hommes assis devant elle et se demandait si c'était là le seul paysage auquel elle aurait droit pendant le voyage. Chacun d'entre eux perdu dans ses pensées déprimantes, ils démarrèrent littéralement en fanfare quand la voiture heurta la carriole d'un vendeur de légumes ambulant stationnée au coin de la rue. L'homme, abasourdi, était sur le point de hurler son mécontentement quand il reconnut le visage en lame de couteau de R.C. derrière le volant. Ses insultes restèrent suspendues dans les airs et il les transforma rapidement en une quinte de toux. « On devrait les fouetter », marmonna R.C.

Après ce départ sous de mauvais auspices, le reste du voyage se déroula comme prévu. Roulant à la vitesse constante de cinquante kilomètres à l'heure, ils progressaient dans le silence le plus total. Ils s'arrêtaient toutes les heures pour que Ma puisse aller aux toilettes et surtout pour qu'elle se lave les mains. La vieille dame avait une grande peur de la poussière, et comme Lady Macbeth, ne pouvait passer plus d'une heure sans nettoyer ses mains dans une eau pure.

Curieusement, R.C. ne désapprouvait pas cette manie, allant même jusqu'à l'encourager. « La propreté c'est la pureté », disait-il gentiment à sa mère qui se précipitait vers le lavabo le plus proche. C'était à Ruma que revenait la tâche d'aller chercher un broc d'eau pour sa grand-mère. Ma tendait maladroitement ses petites mains pâles et ridées sous l'eau versée par sa petite-fille et les lavait trois fois pour les débarrasser de la prétendue poussière. Puis tout le monde remontait en voiture, le pot à eau retrouvait sa place, et ils repartaient.

A une heure précise, ils s'arrêtèrent au bord d'une route aride et poussiéreuse, et Basant sortit le panier-repas de la voiture. Ils étaient passés non loin de coins ombragés et d'arbres étalant généreusement leurs branches le long de la route, mais l'emploi du temps indiquait qu'ils devaient s'arrêter à une heure pile, pas 12 h 50 ni 13 h 10, et R.C. ne voulait pas en démordre. Ils s'installèrent donc sur cet espace aride et vide entre deux arbres, le soleil d'après-midi cognant sur leurs têtes, et avalèrent consciencieusement leur repas sous le regard amusé d'un troupeau de vaches qui se prélassaient à l'ombre d'un arbre, non loin de là. R.C. détestait que les gens engloutissent leur repas en un rien de temps, il s'assurait donc que lui et les membres de sa famille mâchent bien trente-deux fois chaque bouchée. Ma, la seule à ne pas avoir de dents, avait la liberté de mâcher plus ou moins de fois sa nourriture.

Une fois le repas réduit en bouillie et avalé, ils reprirent la route. La vieille voiture avançait si facilement qu'il semblait que la conduite ferme et résolue de R.C. avait le pouvoir d'effacer les creux et les bosses de la surface de la route. Personne ne parlait, si ce n'est Basant qui croyait bon, après des années passées à voyager avec le père de R.C., de faire admirer quelques-uns des beaux paysages qu'ils traversaient, mais l'impression de parler dans une voiture vide faisait s'évanouir le son de sa voix. Ils roulaient dans le silence le plus total, et quand la grand-mère toussa, Ruma eut un sursaut ; il lui sembla entendre un coup de feu dans l'atmosphère solennelle, voire funéraire, qui tapissait l'habitacle.

Ils atteignirent Mathura. R.C. tourna à gauche pour se diriger vers les guides regroupés au bord de la route comme des prédateurs prêts à bondir sur leurs proies : les innocents voyageurs. L'un d'eux sauta sur l'occasion et se jeta dans la voiture. Il atterrit sur les genoux de Ma et reçut un grand coup de pied de la part de la vieille dame aux réflexes encore vifs pour son âge. « Je peux vous montrer tous les temples de Mathura pour seulement vingt roupies », dit-il dans un souffle, tout en frottant son dos meurtri. « Pour Vrindavan, c'est quinze roupies de plus », ajouta-t-il, sans quitter des yeux les pieds de Ma qui se trouvaient face à lui maintenant qu'il était recroquevillé derrière le siège avant. R.C. arrêta le véhicule et sortit. Ruma le regardait, le souffle court. Il prit le pauvre homme par le col pour le traîner hors de la vieille Ambassador. Après l'avoir bruyamment rossé, il le repoussa vers le groupe de guides qui observaient la scène dans un silence hostile. Un grondement d'insultes et de rires moqueurs s'éleva dès que la voiture se fut éloignée. « Pour qui se prend-il, celui-là ? Pour Dara Singh ? J'aurais pu lui briser les deux jambes s'il n'y avait pas eu les dames ! » hurlait l'homme offensé, espérant que les autres guides n'avaient rien vu de son escarmouche avec la vieille femme.

R.C. traversa la ville sainte, les yeux étincelants de colère, scrutant les buissons de peur d'en voir sortir d'autres guides. Entre-temps, son altercation avait déjà fait le tour de la ville, ne cessant de s'amplifier à chaque carrefour, et le temps qu'ils rejoignent le temple, une foule d'enfants s'y étaient déjà attroupés pour les accueillir. « Dara Singh est à Mathura ! » criaient-ils ; ils se bousculaient et se battaient pour essayer d'apercevoir les passagers. R.C. ordonna à tout le monde de rester à sa place. Il s'installa le dos bien droit, le regard fixé devant lui, comme une statue de glace. Les enfants riaient et leur faisaient des grimaces à travers la vitre, mais ils perdirent vite tout intérêt pour les occupants de la voiture après avoir constaté qu'aucun d'eux n'était le célèbre acteur lutteur, et, hormis quelques mendiants, tout le monde se dispersa. R.C. ordonna à la famille de sortir de la voiture pour aller visiter le temple. « Ne parlez à personne et restez bien à gauche », leur dit-il sèchement. Puis ils avancèrent en rangs serrés, ne regardant ni à gauche ni à droite, comme une petite troupe de soldats rompus à la discipline.

Le Kansa Teela, le site du légendaire palais de Kansa, Potra, l'étang ombragé où il est dit que les langes du dieu Krishna furent lavés, les ghats sur la rivière Yamuna, et enfin le temple le plus majestueux de Mathura, Dwarakadhish, tous furent vus et pas un seul ne fut admiré. Dans chaque site, R.C. conduisait la marche, et à l'approche de sa silhouette digne et sévère, les gens s'écartaient pour le laisser passer. Ma avançait doucement et restait à la traîne, elle voulait parler aux prêtres qui s'approchaient d'elle à tour de rôle. Ils lui soufflaient les noms de diverses associations auxquelles elle pourrait faire des dons pour s'assurer une place au paradis. Mais chaque fois qu'elle se tournait pour faire face au prêtre, R.C. faisait barrage entre elle et le paradis promis. « Souviens-toi de ce que papa avait donné pour le refuge de vaches sacrées qui n'a toujours pas été construit », dit-il une fois à la vieille dame alors qu'elle s'attardait un peu trop longtemps. Ils avançaient tout droit, comme des chevaux portant des œillères, et R.C. les guidait en silence, sans leur autoriser la moindre distraction. Ils aperçurent furtivement tous les sites célèbres de Mathura, remontèrent en voiture et partirent pour Vrindavan. Subitement, Ma se mit à parler. Elle raconta à Ruma comment Krishna avait joué ici quand il était enfant ; ses méfaits de garnement, comme voler du beurre et du lait aux fermières ; et l'amour infini que les gens de Vrindavan lui portaient. Elle parlait d'un ton si affectueux que Ruma eut l'impression que sa grand-mère connaissait bien l'enfant dieu et l'avait elle-même pris la main dans le sac à voler du beurre ou à taquiner les laitières. Etonnamment, R.C. ne dit rien, bien qu'entendre quelqu'un parler quand il était au volant fût l'une des choses qu'il détestait le plus au monde.

A l'approche de Vrindavan, ils aperçurent les toits des innombrables temples de la ville percer le ciel au-dessus de rues poussiéreuses. Sur le bord des chemins, un nombre impressionnant de paons se disputaient la vedette, et R.C. faillit rouler sur la queue d'un magnifique mâle qui se pavanait sur la route. « On devrait les fouetter », dit Basant, si fort que même R.C. en resta tout interdit. Le soleil de la fin d'après-midi s'affaiblissait et projetait une douce

134

lumière rougeoyante sur les arbres kadamba qui bordaient la rivière. Ruma, la tête encore pleine de toutes les histoires racontées par sa grand-mère, crut entendre le son d'une flûte au loin. Elle le dit à Ma qui tendit elle aussi l'oreille, prenant soin de ne rien révéler à R.C. puisque celui-ci se serait empressé de bannir cette fantaisie de leur imagination. Ils passèrent peu de temps à Vrindavan car R.C. avait regardé sa montre et s'était aperçu qu'ils étaient en retard de vingt minutes sur l'horaire prévu. Il désirait aussi s'éloigner rapidement de cet endroit où florissaient les légendes d'amour et d'espiègleries avec les laitières qui selon lui ne donnaient pas une image convenable du dieu Krishna. « N'importe quoi, rien que des bla-bla de poètes paresseux », dit-il en sortant de Vrindavan, à une vitesse bien supérieure à ses cinquante kilomètres-heure habituels. Quand la voiture atteignit la route nationale, Ma se tut de nouveau. Ils s'arrêtèrent une ou deux fois pour qu'elle se lave les mains, et furent à Delhi à la tombée du jour.

Ils devaient passer la nuit chez une cousine de Protima. R.C. lui avait écrit quelques semaines plus tôt pour l'informer de l'heure exacte de leur arrivée. Ils avaient maintenant vingt minutes d'avance, R.C. fit donc plusieurs fois le tour du pâté de maisons et ne s'arrêta devant le portail qu'à l'heure précise à laquelle ils devaient arriver. La famille, moins secouée par le voyage depuis Agra que par les nombreux tours du quartier, entra dans la maison d'un pas légèrement titubant. May, la cousine de Protima, se précipita vers eux et les accueillit avec un cri strident. « Regarde-toi, qu'est-ce que tu as grandi ! » dit-elle de sa voix haut perchée et joyeuse, et bien que la remarque fût évidemment adressée à Ruma, la grand-mère hocha la tête avec un sourire. Une horde de parents sortit de nulle part et les assaillit en poussant des cris et des hurlements hystériques.

Ruma, abasourdie et un peu effrayée, resta près de la porte. Elle n'avait jamais entendu personne parler aussi fort, et, anxieuse, elle ne quittait pas son père des yeux. Mais ce dernier semblait s'être transformé en statue ; il fixait le plafond sans sourciller. Le bruit des voix s'atténuait et arrivèrent au même instant un énorme plateau avec un service à thé et des femmes et des enfants qui sortaient de tous les coins de la maison. Les enfants se mirent en ligne pour embrasser les pieds de la vieille dame, pendant que leurs mères secouaient Protima dans tous les sens et pinçaient les joues de Ruma en l'admirant bruyamment. Basant fut lui aussi accueilli comme un vieil ami et emmené à la cuisine sans plus de cérémonies. R.C. se tenait au milieu de cette foule agitée et tonitruante, comme une île abandonnée au milieu de l'océan. Après avoir évalué la situation, il en avait conclu qu'elle était hors de son contrôle et s'était installé dans un fauteuil pour lire le journal. Il levait régulièrement les yeux pour essayer de croiser le regard de sa mère, sa femme ou sa fille, mais celles-ci, protégées par une quantité innombrable de parents, l'ignoraient sciemment. De temps à autre, quelqu'un essayait d'adresser la parole à R.C., une des tantes essaya même de plaisanter avec lui, mais face au silence glacial de son interlocuteur, elle pensa qu'il dormait et s'éloigna en marmonnant : « Pauvre homme, il doit être bien fatigué. Il n'est pas aussi dynamique que son père. » Rapidement, plus personne ne lui prêta attention. Après un dîner qui n'en finissait pas, il décida de reprendre les rênes. Tel un fantôme, il se dressa à un bout de la table entourée de convives et ordonna à sa famille d'aller se coucher. Il y eut des cris de protestation de la part de la famille de Delhi, mais son propre clan ne le laissa pas tomber et se leva pour le suivre.

R.C. fit en sorte qu'ils quittent la maison tôt le lendemain matin, de façon à ne croiser personne avant de partir. Il était persuadé qu'ils parlaient tout aussi fort de bon matin. L'arrêt à Delhi avait été une erreur. Malheureusement, le chemin de la vie est semé d'embûches, se dit-il avec mécontentement. Il retrouva son humeur habituelle dès qu'ils furent à nouveau sur la route et que le voyage reprit dans le silence le plus complet. Les femmes sentaient sa colère inexprimée et la culpabilité qu'elles éprouvaient les renvoya à une soumission qui leur était familière. Elles étaient conscientes d'avoir dépassé les bornes et se demandaient comment cela avait bien pu arriver. Ruma respirait le plus doucement possible et Ma ne toussa pas une seule fois.

Le trajet jusqu'à Hardwar se déroula sans encombre, si ce n'est un petit incident quand la voiture crachota quelques secondes avant de s'arrêter brutalement. Basant se précipita hors du véhicule pour voir ce qui s'était passé. Il revint tout penaud, le rouge aux joues, après avoir jeté un œil sous le capot. Il avait en effet oublié de remettre de l'eau dans le radiateur qui le lui reprochait maintenant amèrement. On n'avait encore jamais vu Basant oublier quoi que ce soit. R.C. maintenait la voiture en parfait état et celle-ci n'avait jamais opposé la moindre résistance. C'est cet arrêt à Delhi, même Basant a été troublé par ce chahut indiscipliné, pensa R.C., furieux, mais comme ils étaient déjà en retard, il ne s'attarda pas sur l'incident et se contenta de conclure d'un « On ne doit jamais oublier la discipline et le devoir » clamé d'une voix ferme et grave. Après que Basant se fut traîné jusqu'au puits d'un fermier sur le bord de la route pour en rapporter un bidon d'eau, la voiture reprit la route. Puis, heureusement pour le

reste de la famille encore torturé par la culpabilité, la suite se déroula exactement comme R.C.
l'avait prévu.

Peu à peu, son irritation s'évanouissait au fur
et à mesure qu'ils dépassaient les bornes kilomé-
triques et s'accordaient à son emploi du temps
initial. Il pardonna même à Basant et aux
femmes leur folie passagère à Delhi. C'est à
cause de la mauvaise influence de tous ces cris
et ces rires, et aussi à cause de leur thé, il était
trop fort, se dit-il, et il accorda à sa famille ce
qu'il considérait comme un regard bienveillant
lors de l'arrêt consacré aux ablutions. Mais il ne
savait pas encore que de minuscules graines de
rébellion avaient commencé à germer dans le
cœur de ses ouailles. Chacun savourait en
silence le souvenir de cet instant fugace mais
excitant passé avec des gens qui ne suivaient pas
les règles de R.C. Après tout, elles n'avaient rien
fait d'illégal, si ce n'est boire du thé un peu trop
fort, mais c'était une révélation de voir que des
gens pouvaient faire du bruit et du tapage sans
pour autant que la colère des cieux s'abatte sur
eux. Ces gens-là discutaient le matin, n'écoutaient jamais les informations, passaient de la
musique de films à plein volume et avaient
même un chien, et pourtant, il ne leur arrivait
rien de mal. Ma, Ruma et même Protima méditaient avec perplexité sur leur vie à la maison,
mais ne dirent pas un mot, le contact avec le

139

monde extérieur avait été trop fugace. La voiture longeait en ronronnant des champs de blé encore vert où se pavanaient de grands oiseaux blancs. Il arrivait que des perroquets volent en travers de la route en poussant des cris aigus, et R.C. leur lançait des regards hostiles.

Après six longues heures de silence, ils atteignirent Hardwar. Malgré un soleil éclatant, l'air était frais et une douce brise s'engouffra dans la voiture dès qu'ils prirent le premier virage. L'emploi du temps de R.C. indiquait qu'ils devaient aller directement à l'ashram de Rishikesh, ils ne s'arrêtèrent donc même pas pour se laver les mains, au grand dam de Ma. Quand ils passèrent près des ghats bondés de Har ki Pauri, la vieille dame regarda par la fenêtre et joignit les mains. Elle aurait vraiment voulu s'arrêter ici un instant mais n'osait pas le suggérer. Son cœur fut submergé par le ressentiment quand elle aperçut un groupe de femmes qui se baignaient dans les ghats. Pendant quelques secondes, ses yeux observèrent la scène avec envie, et dans son regard brilla une détermination si forte qu'elle ressembla à son fils l'espace d'une seconde. R.C. conduisait prudemment sur la route qui serpentait sur une côte abrupte. De grands arbres ombrageaient le chemin, et Ruma aperçut la rivière qui étincelait en contrebas. Les eaux boueuses de Hardwar avaient changé de couleur et coulaient maintenant en une ligne d'un bleu aussi limpide que du cristal. L'eau dévalait sur les galets, formait des fontaines d'écume blanche et retombait dans des étangs d'eau calme.

L'ashram où ils devaient s'installer était à quelques mètres de la route, et après un virage à angle droit au cours duquel Ruma heurta le siège avant (son père lui lança un regard glacial), ils arrivèrent au portail d'un bâtiment décrépit. R.C. arrêta le moteur avec un soupir de satisfaction car sa montre indiquait précisément midi. Ma fut la première à sortir de la voiture et elle avança comme si elle connaissait bien l'endroit. R.C. fut surpris par cette démonstration soudaine d'indépendance de la part de sa mère, mais comme elle était déjà loin dans le couloir de l'entrée, il ne put que la suivre en trottinant. Ruma guida sa mère ensommeillée et Basant les suivit avec les bagages.

Il n'y avait apparemment personne, pas le moindre bruit. Le grand bâtiment ombragé semblait avoir sombré dans un profond coma. R.C., maintenant qu'il avait rattrapé sa mère, faisait les cent pas dans le couloir devant les portes fermées. Il appréciait sincèrement le silence, mais là, c'était trop. Ruma observa les alentours du hall d'entrée et découvrit une petite pièce dérobée sur la porte de laquelle le mot « bureau » était écrit d'une main soignée. R.C. écarta les rideaux et entra brusquement, prêt à abreuver de reproches quiconque se trouverait là, mais la pièce était vide. Une vieille affiche délavée accrochée à un mur déclarait « la parole est d'argent mais le silence est d'or », et un vieux ventilateur en piteux état tournait paresseusement au plafond. R.C., déjà passablement irrité par la situation, aperçut le ventilateur et fut pris de colère. Comme un taureau devant lequel on agite une cape rouge, il fonça sur l'interrupteur et dans un soupir de colère, l'éteignit. Devant la famille abasourdie, l'interrupteur émit un léger clic et reprit sa place initiale. Le ventilateur se remit à tourner ; il prit même de la vitesse. R.C. appuya des deux mains sur l'interrupteur cassé pour l'éteindre, mais le petit carré de plastique blanc se redressa à nouveau et le ventilateur continua de tourner avec une impertinence évidente. Toute la famille l'observait, bouche bée. Le visage de R.C. était rouge et la sueur perlait sur son front, malgré la douce brise que leur renvoyait le ventilateur tout en cliquetant avec provocation au-dessus de leurs têtes.

R.C. décida de faire montre de fermeté. Il avança et s'empara d'une règle en bois qui traînait sur la table. D'un geste rapide, pour prendre l'avantage peut-être, il en asséna un grand coup sur l'interrupteur. Mais son adversaire reprit sa position initiale, avec le calme d'un guerrier expérimenté, dans un couinement qui ressemblait étrangement à un gloussement moqueur.

R.C., conscient que toutes ses convictions et certitudes reposaient sur l'issue de cette lutte, leva le bras haut au-dessus de sa tête et jeta la règle contre l'interrupteur de toutes ses forces. Elle manqua sa cible d'une dizaine de centimètres, trouva un passage entre les rideaux et vola à travers la porte.

« Mais… mais qu'est-ce qui se passe ? » cria une voix féminine à l'extérieur de la pièce. La minute d'après, une grande femme aux cheveux ébouriffés faisait irruption dans le bureau, la règle à la main. « Imbécile, vous auriez pu me tuer ! Qui êtes-vous ? Comment êtes-vous entrés ? C'est un endroit réservé aux personnes respectables, pas aux fous. A votre âge, vous devriez avoir honte de vous en prendre aux femmes de la sorte ! » hurla-t-elle d'une voix stridente à un R.C. trop surpris pour bouger. Pourquoi cela m'arrive-t-il à moi ? se dit-il, incapable de réagir. Brusquement, toutes les portes s'ouvrirent le long du couloir et des gens apparurent comme si un enchantement avait été brisé et que le bâtiment reprenait vie. Après être sortie en trombe du bureau, la femme s'adressa à la foule qui s'était formée autour d'eux. « Ce fou m'a attaquée avec un bâton ! Heureusement, les dieux m'ont protégée, sinon vous auriez retrouvé mon cadavre couché à vos pieds », gémit-elle, les mains sur sa gorge, en poussant des cris étouffés comme pour mieux décrire la scène. « J'ai failli mourir », répétait-elle. Le cercle de badauds ne sembla pas s'en émouvoir outre mesure et souriait amicalement à R.C.

Un très vieil homme s'avança, l'observa attentivement et lui demanda : « Tu es bien le fils de Profullo Banerjee d'Agra ? » R.C. acquiesça, soulagé, et pour la première fois heureux de constater que l'immense popularité de son père était arrivée jusque-là. « C'était un homme merveilleux, très généreux, un jour il m'a donné cinq cents roupies, comme ça, pour rien. Mais tu n'es pas aussi beau et tu as l'air en moins bonne santé. Tu es trop pâle. Et tu n'as que la peau sur les os, dit le vieil homme en tâtant le ventre de R.C. du bout de sa canne. Pourquoi as-tu attaqué Moni ? Sa voix donne la migraine, mais ce n'est pas une raison pour la tuer, la gronder aurait suffi, dit-il en agitant un doigt accusateur sous le nez de R.C. comme si celui-ci était un écolier turbulent. Il y a trop de violence de nos jours… Vous, les jeunes, vous voulez tous être des héros de cinéma… » C'était comme de frotter du sel sur les plaies de R.C. Lui qui n'avait même jamais accepté que le mot « cinéma » soit prononcé en sa présence se voyait accusé d'agir comme un héros de cinéma ! Une colère muette s'insinuait peu à peu au plus profond de son être, mais que faire ? Le vieil homme racontait maintenant à l'assistance quel homme formidable était le père de R.C.

« Malheureusement… le fils… Ah, les enfants, on ne sait jamais comment ils vont être… C'est triste, mais ce sont les dieux qui décident », dit-il, le regard perdu dans le ciel.

Au moment même où R.C. envisageait de remonter dans la voiture pour retourner directement à Agra, un petit homme à l'air jovial s'avança vers lui et lança : « Oh, monsieur Banerjee, je vous souhaite la bienvenue. Nous ne vous attendions pas avant demain. » R.C. était trop fatigué et trop secoué par toutes ces émotions pour lui expliquer qu'il avait envoyé une lettre et un télégramme pour informer de la date et de l'heure exactes de leur arrivée. Il serra les dents, ravala sa colère et suivit l'homme en silence. Les femmes marchaient derrière lui, comme d'habitude, mais elles semblaient plus vives et plus joyeuses qu'à l'accoutumée, et R.C. n'aimait pas du tout ça. Une erreur… c'est une terrible erreur. Nous devons rentrer à la maison dès demain, pensa R.C. avec amertume. L'homme leur montra leurs chambres, et après quelques remarques amicales restées sans réponse et un regard étrange pour Protima, il quitta la pièce pour aller préparer leur déjeuner.

Ruma courut vers la fenêtre et jeta un œil à l'extérieur. Le jardin était immense ; au milieu de jamuns et de manguiers, un potager entretenu avec soin contrastait avec toute cette flore désordonnée, et au-delà, la rivière serpentait en un mince filet. La couleur de l'eau avait changé, elle était passée du vert à l'argenté et étincelait comme les éclats d'un miroir brisé. Un vent fort secouait les arbres et en faisait tomber les feuilles jaunies qui n'avaient pas le temps de toucher terre avant d'être emportées au loin. Pendant qu'elle observait la scène, la femme avec laquelle son père s'était querellé sortit de l'une des chambres et commença à ramasser le linge mis à sécher à même le sol. Une rafale surgie de nulle part souleva la poussière et les feuilles mortes en un tourbillon. Le vent s'empara des vêtements et les fit virevolter dans les airs. La dame essaya de les rattraper avec frénésie, se jeta sur eux, mais les vêtements l'esquivaient et s'éloignaient à mesure. Elle aboya une injure en direction des cieux, le poing levé, puis appela quelqu'un par la porte de sa chambre. Un jeune homme grand et maigre en sortit et la regarda d'un air surpris.

« Espèce d'idiot, ne reste pas là, va chercher les vêtements ! » cria-t-elle, sans cesser de courir en tous sens. Le garçon ne bougea pas d'un centimètre, il réfléchissait au problème en se grattant la tête. Mais quand la vieille s'approcha de lui la paume ouverte, il prit tout de suite une décision et se mit à courir derrière une chemise rouge qui voletait juste à côté de lui. Il se rua dans sa direction comme un excellent gardien de but, mais trébucha sur un caillou et rata la manche d'un centimètre ; la chemise s'éleva un peu plus haut dans les airs. Ruma éclata de rire et le garçon se retourna, l'air penaud. Il s'empara des quelques vêtements que le vent avait plaqués au sol et courut se réfugier dans sa chambre en laissant la chemise qui pendait avec insolence sur une branche basse. La dame aperçut Ruma et s'avança vers elle. « Ce vent souffle comme un démon. Ne sors pas. Fais attention à cet homme épouvantable qui est arrivé ce matin. Je sais que quelque chose de mauvais va se produire. Tu vois, j'ai un don. Je peux deviner l'avenir, surtout s'il est plein de mauvaises nouvelles », dit-elle en souriant, et elle tendit la main à travers les barreaux de la fenêtre pour tapoter gentiment la joue de Ruma.

« Qui est-ce ? Entrez », lança Ma du fond de la pièce, et Protima regarda également la dame d'un air songeur. R.C. n'était pas là – on lui avait attribué une chambre de l'autre côté, dans l'aile réservée aux hommes – et les femmes, privées d'instructions, étaient assises en silence. Mais un sentiment d'indépendance qui leur était jusque-là étranger s'insinuait en elles et donna le courage à Protima et à Ma de parler à une personne que R.C. méprisait. Elles regardèrent timidement la nouvelle venue, sans trop savoir quoi dire. Celle-ci n'avait pas besoin d'encouragements, le silence était pour elle une invite à la conversation. Elle prit place confortablement contre le cadre de la fenêtre et se lança : « Je disais à la jeune fille d'être prudente. Je m'appelle Moni. Mon mari est entrepreneur à Kanpur. Nous avons une maison à deux étages ici. Nous gagnons mille roupies par mois grâce aux locataires du premier étage. L'année prochaine on va passer à mille deux cents roupies. On vient ici tous les ans depuis Kanpur, mais j'avais encore jamais rencontré un tel imbécile. » Elle s'arrêta pour reprendre son souffle. Ses grands yeux cernés de khôl observèrent la pièce, ses occupantes et leurs bagages avant de s'arrêter sur Protima, allongée sur le lit. « De la tristesse. Je vois une grande tristesse sur votre visage », lui dit-elle. Protima, qui était sur le point de reprendre sa position nonchalante, ne pouvait plus détacher ses yeux de Moni et tripotait nerveusement son sari. « Quelle tristesse dans ces traits, quelle souffrance ! Je n'ai jamais vu de visage si tragique de toute ma vie, et laissez-moi vous dire », ajouta Moni, bien que ce ne soit pas nécessaire, étant donné que personne n'avait encore osé l'interrompre, « j'ai déjà vu des milliers de visages qui me dévoilaient leur avenir. Mais le vôtre, c'est le pire », conclut-elle en balançant la tête de droite à gauche et en faisant cliqueter ses bracelets contre la grille.

Protima se redressa légèrement et une lueur d'intérêt éclaira son visage d'habitude stoïque et impassible. « Il ne va rien vous arriver de bon dans le futur et vous n'apporterez que du malheur aux gens qui vous entourent. Je vois la mort, le désastre et peut-être même le scandale », déclara la dame d'une voix caverneuse accompagnée une fois encore du bruit de ses bracelets contre la grille. Ruma la dévorait des yeux, Ma aussi s'était approchée pour mieux voir. Elle donna un coup de coude à Ruma et chuchota : « Demande-lui si elle sait quand je vais mourir. Si c'est bientôt, je ne rachèterai pas de chaussures, je ferai durer les vieilles. Ce n'est pas la peine de gaspiller l'argent », grommela-t-elle. Mais la dame ignora la requête et continua à observer le visage de Protima pour essayer d'y déceler une tragédie imminente. Le temps qu'elle ait terminé, Protima n'était plus la même personne. Son visage était expressif et ses yeux avaient perdu ce regard de poisson mort pour briller désormais d'excitation et d'impatience. Elle se mit même à parler, ce qui n'arrivait en général qu'une ou deux fois par an, et seulement à Ruma ou à Ma. Elle se leva et s'approcha de la fenêtre. « Et pour ma fille ? s'enquit-elle.

— Toi, jeune fille, méfie-toi du Mal. Grandmère, vous devez faire attention à l'eau et au feu. Mais toi, ma sœur, que puis-je te dire ? Ta vie n'est qu'un long chemin pavé d'épreuves et de souffrance. Fais quand même attention au vieil homme fou qui m'a attaquée ce matin devant vous, qu'il ne t'attrape pas. Il me semble bien qu'il aime les belles femmes, dit-elle en baissant brusquement le ton et en roulant les yeux d'un air effrayant.

— C'est mon mari », marmonna Protima entre ses dents, les yeux baissés. Le silence se fit d'un seul coup, et Moni qui s'apprêtait à faire une nouvelle prédiction laissa les mots se perdre dans un souffle. Mais elle reprit rapidement ses esprits et enchaîna : « Oh ! Mais que peut donc une femme ? Il faut nous plier à ce que les dieux ont choisi pour nous. Regardez mon mari, un bon à rien qui ne fait que manger et boire. Mon fils échoue chaque année dans ses études, mais il refuse de manger des potirons et de porter une chemise qui n'est pas bien repassée. Et qui doit supporter leur manège ? C'est nous, pauvres femmes. J'avais bien vu sur votre visage que votre destin n'était fait que de malheurs, mais je ne pensais pas que cela pouvait être si terrible. Votre mari, ce fou ! » dit-elle en claquant la langue en signe de compassion.

A ce moment précis, la porte s'ouvrit et R.C. entra. La pièce retomba dans le silence, mais cette fois-ci, elle n'y resta pas longtemps. Ruma leva alors la tête et s'aperçut que le visage de Moni avait disparu de l'ouverture de la fenêtre et qu'il ne restait que le chemisier rouge qui brillait au soleil dans la solitude du jardin. R.C. restait impassible, bien qu'il eût tout entendu des mots durs prononcés par la femme. Ruma lui trouva

l'air fatigué, différent du R.C. qu'elles connaissaient à la maison. Il leur dit d'aller manger.
Quand elles revinrent dans leur chambre, R.C.
ne leur donna pas la moindre instruction et se
contenta de les regarder avec tristesse avant de
s'en aller. Ma et Protima s'assirent un instant
pour réfléchir, mais, peu habituées à cet exercice
intellectuel, s'endormirent rapidement. Ruma
regardait par la fenêtre et commençait à se sentir
étrangement seule, elle qui n'avait encore jamais
ressenti le manque de compagnie. Elle n'avait
jamais été autorisée à avoir d'amis, et les filles
de l'école l'ignoraient puisqu'elle ne pouvait
participer à leurs conversations concernant les
garçons et les films. Mais elle sentait aujour-
d'hui une envie pressante de parler à quelqu'un
de son âge. Il n'y avait personne dans les
parages, et l'ashram était retombé dans un
silence paisible. Ruma regarda par la fenêtre
dans l'espoir que la dame reviendrait. Mais elle
semblait avoir disparu ou devait être en train de
lire des messages du destin ailleurs.

Un énorme banian aux grandes feuilles d'un
vert de bronze s'agitait à la lisière du jardin et il
était si beau qu'elle décida d'aller s'asseoir à son
pied. Elle jeta un coup d'œil aux deux silhouettes endormies sur le lit et se dirigea vers la
porte. Le cœur battant, elle l'ouvrit comme s'il
s'agissait de la boîte de Pandore. Elle était persuadée que son père l'attendrait allongé devant

la porte, mais à son grand soulagement, le couloir était vide. Ses jambes flageolant sous la peur, Ruma sortit de l'ashram sans un regard derrière elle. Elle avait seulement décidé d'aller jusqu'à un arbre situé non loin de là, mais elle faisait là, elle le savait, un grand saut dans l'inconnu. Jamais auparavant elle n'était allée quelque part sans que son père le lui ordonne. Ce qui était rare, soit dit en passant. Maintenant, si elle s'évanouissait dans l'air, il n'en saurait rien. Cette pensée lui donna un sentiment soudain de liberté et elle courut vers le banian comme à la rencontre d'un ami qui l'aurait appelée. Des centaines d'oiseaux chantaient, perchés sur ses branches, et deux écureuils qui se chamaillaient atterrirent à ses pieds. Ils s'ébrouèrent, et après lui avoir lancé un regard de mécontentement pour avoir interrompu leur querelle, les deux boules de poils coururent vers la cime de l'arbre.

Ruma pouvait maintenant voir clairement la rivière, elle marcha dans cette direction sans la moindre hésitation. Il était si simple d'être libre. Pourquoi n'avait-elle pas essayé plus tôt? La rivière était plus large qu'il n'y paraissait de loin, et des vaguelettes se formaient en son milieu. Elle s'aspergea le visage d'eau glacée et s'assit sur une pierre pour savourer la brise fraîche et sa toute nouvelle liberté. Il y avait peu de gens à cet endroit-là, mais elle voyait quand même deux femmes se baigner un peu plus loin. Elle se laissa emporter par leurs rires et leurs cris tandis qu'elles plongeaient. Demain, elle y amènerait sa mère et sa grand-mère, et elles se baigneraient ici toutes les trois, pensa-t-elle avec joie. Une voix, au fin fond de son esprit, lui rappela que son père ne l'autoriserait pas, mais Ruma, exaltée par sa première demi-heure de liberté, n'y prêta pas attention. Elle plongea les mains dans l'eau pour essayer d'attraper une feuille qui flottait.

Un petit caillou vint brusquement troubler la surface de l'eau et Ruma leva la tête. Le grand garçon dégingandé qu'elle avait vu ce matin était assis sur un rocher et jetait des cailloux dans la rivière d'un air morose. Enivrée par son tout nouveau courage, Ruma se leva et s'avança jusqu'à lui. « As-tu rattrapé le chemisier ? » demanda-t-elle d'une voix forte et joyeuse qu'elle ne se connaissait pas et qui fit un tel choc au garçon qu'il glissa du rocher et faillit atterrir dans la rivière. Il se remit rapidement d'aplomb et lui sourit comme pour s'excuser. Ruma ne se sentait plus aussi brave que tout à l'heure et ils demeurèrent silencieux, l'un à côté de l'autre, le regard perdu dans les flots. Puis brusquement, le garçon dit : « Je n'ai échoué qu'une seule fois. » Ruma ne comprit pas tout de suite ce qu'il voulait dire, puis elle se souvint des mots de sa mère. Elle voulait réconforter le jeune homme, mais ne savait pas quoi dire. « Est-ce que ta mère peut vraiment voir l'avenir ? » demanda-t-elle finalement après un long silence. Il se mit alors à parler à toute vitesse, les mots se déversaient comme si une digue avait lâché.

« Je sais pas. Mais toutes les mauvaises choses qui nous arrivent, c'est comme si elle les savait déjà. Mes résultats scolaires, la faillite de mon père, ses constructions qui s'écroulent, nos maladies, ses maux d'estomac. N'importe quel drame qui attend nos voisins. A quoi ça sert ? Ça nous fait juste nous sentir deux fois plus mal, avant et après l'incident. » Ruma hocha la tête avec compassion pendant qu'il continuait, sans jamais lui jeter un coup d'œil. « Ce serait plus utile si elle pouvait nous donner les numéros gagnants de la loterie, ou si elle connaissait les réponses à mes interrogations écrites, mais non, que des choses tristes, que des prédictions de malheur. Mais qu'est-ce qu'on peut y faire, on doit l'écouter. » Ruma ressentait une grande compassion pour ce garçon. Elle venait tout juste de réaliser combien les chaînes qui reliaient les enfants à leurs parents pouvaient être lourdes à traîner. Ils s'assirent et discutèrent un long moment, et Ruma fut surprise de constater à quel point il était simple de parler avec quelqu'un, un inconnu qui plus est. Elle ne se demanda pas un seul instant ce que R.C. en penserait. Il avait en quelque sorte disparu et Ruma ne se souvenait même plus des règles.

La nuit commençait à tomber quand ils retournèrent à l'ashram et la première personne que Ruma vit fut son père. Elle se prépara à le croiser tête baissée, en espérant que ses jambes tremblantes ne la trahiraient pas. Qu'avait-elle fait, après tout ? Elle n'avait fait qu'aller se promener jusqu'à la rivière, se dit-elle en serrant ses mains l'une contre l'autre. Mais R.C. passa à côté d'elle sans même la voir. Ruma en resta tout interdite. Elle avait l'impression d'avoir été trahie, d'avoir perdu l'occasion rêvée de montrer son indépendance récemment acquise. De peur de ne plus pouvoir faire preuve de courage bien longtemps, elle courut trouver sa grand-mère, mais la chambre était vide. Elle commença à s'inquiéter. Se pouvait-il que sa mère et sa grand-mère aient décidé de prendre leur envol à leur tour ? Mais où pouvaient-elles bien être allées ? se demanda-t-elle, confuse et un peu inquiète pour leur sécurité.

A cet instant précis, la vieille dame mordait dans un grand kachori luisant de graisse qui venait d'être frit devant ses yeux dans du beurre clarifié. Assis face à elle, un homme décharné enveloppé dans un dhoti orange délavé la regardait manger et l'encourageait de temps à autre à se resservir. « Mangez, Ma, mangez. Vous avez tellement donné aux nécessiteux, il faut prendre soin de vous maintenant », dit-il, un bidi à la bouche. Ma finit de manger et sortit quelques billets d'une petite bourse enveloppée dans son sari. « Payez avec ça, je ne sais pas combien ça coûte », dit-elle en lui tendant des billets de cinq cents roupies. Le propriétaire du magasin se figea, le bras immobile au-dessus du saladier dans lequel il fouettait le lait, et la regarda bouche bée. L'homme en orange tendit vivement les mains et secoua les billets comme un magicien. L'argent disparut. Il murmura quelque chose à l'oreille du propriétaire du magasin qui ne s'était toujours pas remis, et aida la vieille dame à sortir. « Je vais vous trouver une bonne place sur le ghat maintenant. Vous pouvez vous asseoir ici et lancer des boulettes de farine aux poissons. Pour mille boulettes, c'est cinq cents roupies, mais vous me les avez déjà données. Dieu bénisse votre cœur généreux. Des femmes comme vous ne naissent qu'une fois tous les cent ans », dit-il en se penchant pour embrasser ses pieds. Après avoir coincé son bidi derrière l'oreille, il joua des coudes pour lui faire de la place sur le pont près de Har ki Pauri et la vieille dame fut bientôt confortablement installée au bord de la rivière à côté d'un grand seau et entourée d'enfants. Elle jetait une à une les boulettes de pâte dans la rivière, chacune contenant un morceau de papier marqué du mot « Ram ». L'homme en orange comptait à voix haute et une foule admirative se forma autour d'eux.

La vieille dame n'avait jamais été aussi heureuse. Le goût du kachori lui emplissait encore la bouche et elle émit un rot de satisfaction. Son défunt mari avait pour habitude de lui rapporter le même genre de kachori tous les soirs à Agra, mais son fils avait mis fin à ce rituel bien des années plus tôt. Elle voulait absolument en manger encore une fois avant de mourir et d'aller au paradis où il n'y avait pas ce genre de nourriture. Elle était ravie et souriait à la vue de ces bancs de poissons qui se jetaient sur les boulettes de pâte. Elle en était maintenant à la 798e et la foule l'encourageait quand R.C. la trouva. Son visage se figea de colère. Il la prit par le bras et l'obligea à se lever. « Qu'est-ce que tu fais là ? Où est l'argent que tu as pris dans mon sac ? » demanda-t-il dans un chuchotement rageur.

Ma le regarda d'un air coupable, mais elle entendit soudain la foule s'écrier : « Laisse-la, il est de mauvais augure d'arrêter ! » Ma se rassit brusquement et se remit à lancer des boulettes. L'homme en orange avait disparu, et la foule reprit le compte en cœur. « 799... 800... 801... » criaient-ils. R.C. lâcha le bras de sa mère pour se débarrasser des enfants qui l'assaillaient pour qu'elle leur donne de l'argent. Elle fut bientôt cachée derrière tous ces gens et à chaque fois qu'il tentait de s'approcher d'elle, la foule le repoussait en s'époumonant : « 806... 807... 808... » R.C. s'assit sur les marches du ghat et observa sa mère de loin. Elle aussi le voyait mais elle ferma les yeux et se mit à prier. Elle se savait en sécurité au milieu de la foule et ne se soucia bientôt plus de ce que son fils pouvait bien en penser. Elle avait atteint Har ki Pauri, s'était baignée dans la rivière sacrée ; les dieux prendraient soin d'elle désormais. Quand elle eut lancé toutes les boulettes et que les poissons se furent éloignés paresseusement, Ma se leva. R.C. l'attendait, elle le laissa la ramener à l'ashram. Elle lui rendit les derniers billets, et il ne lui demanda pas comment elle était arrivée là, ni ce qu'elle avait fait du reste de l'argent. Mais ce silence ne lui faisait désormais plus peur. Elle s'était libérée. A leur arrivée à l'ashram, Ruma se précipita vers eux. « Où étiez-vous ? » s'enquit-elle, mais avant que la vieille dame n'ait pu s'expliquer, R.C. dit d'une voix fatiguée : « Ta grand-mère s'est perdue. Où est ta mère ? »

Ruma fut prise au dépourvu. Elle pensait que sa mère, qui ne mettait jamais le pied dehors sans sa grand-mère ou son père, serait avec eux. « Comment le saurais-je ? » répondit-elle d'une voix que R.C. ne lui connaissait pas. Que leur arrivait-il ? Ces vacances avaient corrompu à tout jamais sa famille jusque-là si innocente. Sa vie si bien organisée s'effritait et les miettes s'envolaient sans qu'il puisse intervenir. R.C. se sentit soudain très fatigué et très vieux. Puis il aperçut la grosse dame, son ennemie dans la bataille de ce matin, qui s'avançait vers eux, et un élan de rage l'envahit. Il se sentit soudain plus fort. Il hésitait encore sur les premiers mots de l'attaque quand il découvrit Protima derrière l'imposante dame. Son visage laissait voir une expression étrange, et R.C. se rendit compte qu'elle riait. Ruma et Ma le virent aussi, la surprise les laissa bouche bée.

« Je l'emmène au Kala Bala qui s'y connaît en esprits maléfiques. Lui seul pourra la sauver d'un homme comme vous », lança la vieille dame en passant à côté d'eux. R.C. rattrapa sa femme qui se retourna et lui dit calmement : « Laisse-moi tranquille. Je suis mon destin. Je me sens si bien maintenant que je sais toutes les mauvaises choses qui m'attendent. Moni Didi est si gentille avec moi. Elle seule connaît ma tristesse », murmura-t-elle avant de suivre son guide dans l'obscurité. Ruma et Ma coururent derrière elle, non pas pour la rattraper, mais parce qu'elles étaient impatientes de partager son aventure. « Mais il fait déjà nuit », furent les seuls mots que R.C. put prononcer quand les femmes disparurent hors de sa vue.

Il était abasourdi par les paroles de sa femme. C'était la plus longue conversation qu'ils aient jamais eue depuis leur mariage. Il s'assit sur les marches et contempla la nuit dans laquelle sa famille venait de s'engouffrer. Il désirait en silence que son épouse lui revienne. Il était trop fier pour lui courir après et une peur tenace lui disait qu'elle ne l'écouterait plus. Quelle folie l'avait donc pris le jour où il avait décidé de partir pour ces vacances catastrophiques ? Il entendait la rivière gronder au loin, elle aussi se moquait de lui. Il se leva et se dirigea vers le bruit, comme hypnotisé. La lune, sortie de nulle part, brillait au-dessus de sa tête tel un disque d'argent. R.C. en vit les traits se déformer en un sourire méprisant. Il ne s'était encore jamais senti si brisé et si faible. Il marchait doucement, traînant les pieds dans la poussière. Il redoutait que cela ne se produise et se dit qu'il aurait dû écouter sa voix intérieure qui ne l'avait jamais trahi. Il repensa à ces jours révolus où les femmes se carapataient comme des biches effrayées au simple bruit de ses pas. Ils étaient si heureux dans ce foyer discipliné et calme où même les horloges ne carillonnaient pas à plein volume parce qu'il avait enveloppé leurs gongs dans du tissu. Il continua à s'éloigner de l'ashram en repensant à ces jours paisibles où régnaient l'ordre et les règles strictes.

Il s'aperçut soudain qu'il avait atteint la rivière. La lune faisait miroiter l'eau et R.C. se sentait irrésistiblement attiré par cet éclat argenté. Il marcha lentement jusqu'à la berge d'un pas aussi raide que celui d'un somnambule. Quand ses pieds touchèrent presque l'eau, il s'arrêta. Pendant quelques minutes, il laissa les vaguelettes recouvrir ses chaussures. Puis il enleva ses chaussures et ses vêtements et les posa précautionneusement sur un rocher. Vêtu seulement de son gilet de corps et de son caleçon qui lui descendait à mi-cuisses, il mit brusquement les pieds dans la rivière. L'eau glacée ne lui fit pas grand effet car il se lavait tous les jours à l'eau froide, et il s'abandonna avec bonheur dans le courant. Les vagues lui frappaient le dos et le déséquilibraient gentiment. Bien qu'il fasse froid et sombre, R.C. ne sentait plus que la chaleur rassurante apportée par la rivière. Il resta là, à regarder la lumière de la lune jouer avec l'eau, et pendant que les vagues le balançaient avec douceur, il sentit tous ses tracas le quitter lentement. Il n'avait encore jamais ressenti une telle paix et se demanda l'espace d'un instant s'il n'était pas mort et transformé en esprit. Les vagues continuaient à le bousculer. Il vit soudain l'homme qu'il était auparavant être soulevé par l'eau et emporté avec le courant. Il était de nouveau un enfant. Son père était encore vivant, et lui un garçon de dix ans insouciant. Ils étaient allés tous les deux faire voler un cerf-volant le long de la Yamuna, et son père avait sauté dans l'eau pour rattraper le cerf-volant d'un autre qui y était tombé. Lui aussi avait sauté et ensemble, oubliant les cerfs-volants, ils s'étaient baignés et avaient chahuté longtemps dans l'eau boueuse sur laquelle flottaient des nénuphars et des lentilles d'eau.

Pendant que les eaux pures du Gange emmenaient avec elles le passé de R.C., il se souvint à quel point la vie était différente alors. Il avait rêvé de faire tant de choses en ce temps-là, il ne se souvenait malheureusement plus d'une seule d'entre elles. Il pensa à sa famille, mais n'était plus triste. Il était soulagé qu'elle ait brisé ses règles, car il ne voulait plus la contrôler désormais. Sa vie avait été régulée et contrainte pendant si longtemps, il voulait se libérer lui aussi. « Demain j'achèterai un cerf-volant », dit-il, et il sortit de la rivière qui déferlait sur les rochers, emmenant avec elle le passé.

## JUSQU'À SIMLA EN TONGA

Un chaud matin de l'année 1908, Anima décida de se laver les cheveux le mercredi et non le lundi comme elle en avait l'habitude. Cette décision a priori insignifiante changea radicalement le cours de son destin et la fit voyager de la petite ville de Bénarès à la capitale grandiose du Raj-Simla. Ce fameux matin, Anima sortit sur la terrasse pour faire sécher ses longs cheveux au soleil. Grande et gracile, elle balançait ses boucles pour les faire sécher plus vite et fredonnait une mélodie. Plus loin, sur un autre toit, caché derrière un rideau de perles, une paire d'yeux brillants l'observait discrètement. Puis, doucement, comme les rayons du soleil traversent un épais nuage, le regard se fit de plus en plus intense, perça l'écran de vêtements étendus sur la toile anarchique qui recouvrait les terrasses, courut le long des toits et la força à tourner la tête. Leurs yeux se rencontrèrent et ce fut le premier coup de foudre du siècle. Ananda sut immédiatement qu'il allait l'épouser et l'emmener avec lui à Simla. Une fois sa décision prise, tout s'arrangea comme si les cieux étaient intervenus. Face à cette union pour le moins inhabituelle, où le garçon et la fille avaient décidé de se marier avant même que les anciens n'aient débattu de leurs horoscopes, de la dot et de mille autres détails, les obstacles s'évanouirent comme par enchantement. Le père de la fille, déconcerté par l'audace de ce jeune homme vigoureux sorti d'on ne sait où pour demander la main de son enfant, ne put que la lui accorder. Il gardait un air sévère, mais appréciait secrètement le garçon. De plus, il lui restait encore cinq filles à marier. Ce fut plus compliqué avec la mère d'Anima ; elle ne cessait de mettre son mari en garde contre la précipitation de ce mariage qui n'amènerait rien de bon.

« Qui est ce garçon ? Qui est son grand-père ? Où est son horoscope ? Pourquoi ne veut-il pas de dot ? » demandait-elle constamment, cachée derrière le rideau de bambou, quand Ananda venait chez eux. Mais le mariage eut lieu dès qu'un jour de bon augure se présenta, et avant que la mère ait pu trouver un quelconque soutien parmi sa famille, ils étaient déjà mariés selon les rites sacrés, bien qu'un peu précipités. Elle ne pouvait plus rien faire, si ce n'est jeter des regards désapprobateurs et agressifs au jeune couple qui se délectait de son tout récent bonheur. « Je ne pensais pas que ma fille pourrait un

Jusqu'à Simla en tonga

jour m'humilier à ce point », se lamentait la mère, auprès de parents qui étaient accourus comme autant de vautours à l'annonce du scandale.

Ce fut un soulagement pour tout le monde quand Ananda reçut la confirmation de son embauche à Simla et qu'il leur fallut partir au plus vite. « C'est un mauvais présage, c'est moi qui vous le dis », annonça sa belle-mère en soupirant au reste de la famille. Même s'ils ne voyaient pas en quoi un emploi bien rémunéré de secrétaire pouvait être de mauvais augure, ils acquiescèrent d'un hochement de tête maussade suivi de longs mouvements circulaires, tout en sirotant leur thé. Le jeune couple quitta Bénarès un soir, par le train, et hormis le frère d'Anima et un ami d'Ananda (celui sur le toit duquel se trouvait Ananda quand il avait aperçu Anima et qui était maintenant déclaré ennemi de la famille), personne ne vint leur dire au revoir à la gare. La mère d'Anima avait pleuré copieusement quand celle-ci avait quitté la maison et l'avait serrée passionnément contre sa poitrine. « Il y a des tigres à Simla. Cet homme t'emmène dans la jungle pour te tuer », pleurait-elle. Elle mit de force un petit sachet de velours dans la paume d'Anima. « Prends ces perles d'or. Mais ne lui dis rien. »

La première chose que fit Anima quand le train quitta Bénarès fut de montrer les perles à son mari. « Garde-les bien en sûreté, mais tu

165

n'en auras jamais besoin, car je vais gagner assez pour que tu t'achètes autant d'or que tu le voudras », dit-il avec fierté, bien qu'à ce moment précis il n'eût que dix ou quinze roupies en poche. Les autres passagers du compartiment bondé de troisième classe qui l'avaient entendu hochèrent la tête avec admiration. Ils avaient tout de suite été conquis par le jeune homme digne et sa femme, mince et aussi belle qu'une déesse de marbre. Ils offraient sans cesse de la nourriture au jeune couple, ainsi que des conseils pour une vie de bonheur infini. « Il faut toujours lui préparer ce qu'il aime pour le repas », chuchota une dame entre deux âges dans l'oreille d'Anima, avant de se tourner vers son mari pour le réprimander : « Je t'avais dit de ne pas prendre cette énorme malle. Mais est-ce que tu m'as écoutée ? Non. Comme d'habitude », siffla-t-elle avec colère avant de se tourner de nouveau vers Anima et lui parler d'une voix douce. « Les maris sont comme des enfants, sans défense. Regardez le mien », dit-elle, et une fois encore, elle fit des reproches à son époux quant à son choix des bagages. L'homme au regard doux se contentait de sourire à chaque fois qu'elle l'apostrophait et se rendormait la bouche entrouverte.

Le train cahotait bruyamment à travers les plaines du nord de l'Inde plongées dans l'obscurité. Les passagers sombrèrent un par un dans le sommeil, affalés les uns contre les autres comme une grande famille. Tout à coup, une voix dure et grinçante perça le silence : « Non. Non. Ce n'est pas possible, ça va être un échec. Attention. » Ananda se mit sur son séant. Il pensa une seconde que l'un des parents d'Anima les avait suivis dans le train, mais un ronflement profond lui signifia qu'il s'agissait d'un homme, couché sur la banquette du haut, qui parlait en dormant. « Non, non », marmonna-t-il encore, en plein cauchemar, avant de se retourner sur le ventre. Soulagé, Ananda s'assoupit, mais Anima, perturbée par cette mise en garde de mauvais augure, ne put se rendormir. Elle observa le charmant profil de son mari, son nez parfait et ses fins sourcils, et se sentit peu à peu rassurée. Elle se cala contre son siège en bois et attendit avec impatience d'arriver à Kalka. Le train traversait la nuit à toute vitesse, laissant derrière lui une traînée de fumée noire qui disparaissait dans l'obscurité du ciel. Parfois une braise s'échappait de la locomotive et mettait le feu à l'herbe qui poussait le long de la voie, mais le souffle du train l'éteignait rapidement. Anima avait un goût de charbon dans la bouche, et la fumée lui faisait mal aux yeux.

La nuit semblait ne jamais devoir prendre fin, et Anima se demandait si le train n'avait pas oublié de s'arrêter à Kalka pour les emmener maintenant vers une destination inconnue au-delà des montagnes. Finalement, elle se laissa elle aussi gagner par l'atmosphère apathique du compartiment et sombra dans un profond sommeil. Mais elle se réveilla bien avant les autres et resta assise sans bouger, de peur de déranger la dame qui s'était assoupie lourdement contre son épaule. Devant ses yeux, le ciel commençait à s'éclaircir, l'aube se levait à l'horizon, et les traces de charbon qui zébraient les vitres étaient maintenant des traînées de poudre argentée. Dans cette lumière incertaine, Anima aperçut au loin une chaîne de montagnes. Quelques minutes plus tard, ils atteignaient Kalka.

La fatigue du voyage la quitta en un instant et Anima se précipita hors du train avant même qu'Ananda n'ait pu lui tendre la main. Puis elle s'arrêta brusquement pour jeter un œil autour d'elle. La gare grouillait de soldats anglais en uniforme qui se pavanaient le long du quai tout en se saluant joyeusement les uns les autres. Non loin de là se tenait un groupe d'officiers aux sourcils froncés et à l'air important qui étaient eux-mêmes entourés d'une armée de domestiques, de porteurs et de babus inquiets. Du compartiment de première classe descendaient nerveusement de gracieuses Européennes dont les robes longues traînaient dans la poussière, et Anima se crut soudain dans un autre pays, un pays inconnu. Elle avait déjà vu des Européens à Bénarès, mais ce n'étaient que des voyageurs déguenillés, rien à voir avec les splendides et fières créatures qu'elle découvrait ici. Elles passaient juste à côté d'Anima, et pourtant celle-ci semblait être invisible à leurs yeux et une femme aux jolies boucles blondes appuya même son parapluie contre elle pendant qu'elle renouait un ruban sur son chapeau avant de repartir à petits pas affectés vers une de ses amies. Ananda déchargea leur peu de bagages et ils quittèrent la gare par la sortie réservée aux voyageurs de troisième classe.

Iis attendaient sur la route en pente douce et regardaient les autres passagers s'en aller d'un pas déterminé. Anima sut que quelque chose contrariait son mari parce qu'il avait perdu toute son assurance et mâchouillait distraitement la moustache qu'il avait commencé à laisser pousser dès qu'il avait obtenu son poste à Simla. « On pourrait prendre le nouveau train, mais… », il n'acheva pas sa phrase. Anima sut tout de suite quel était le problème. Il n'avait pas assez d'argent pour les billets de train. Devait-elle proposer de vendre les perles d'or ou bien cela risquait-il d'offenser son amour-propre ? Anima était inquiète, elle ne voulait pas commettre d'erreur dès le début de sa vie d'épouse. « On peut aussi prendre un tonga, mais ce sera plus long », avança Ananda, sans regarder sa femme. « Nous ne sommes pas pressés. Le tonga sera parfait. Le train est tout nouveau, il risque de dérailler et de tomber de la montagne », dit Anima dans un souffle. Tous deux savaient que le chemin de fer, fierté du gouvernement britannique, avait été construit avec un budget énorme. Il n'y avait aucun risque que le train tombe des montagnes, tout au moins pas avant cent ans, mais ils gardèrent le silence et se dirigèrent vers le guichet des tongas qui se trouvait devant la gare.

Il bruinait en continu quand le tonga commença à gravir la route étroite qui luisait comme un serpent après la mue. Plusieurs tongas avançaient les uns à la suite des autres, et quelques chars à bœufs fermaient la marche. La plupart des femmes voyageaient ensemble dans les chars couverts, mais Anima avait insisté pour faire le trajet dans le tonga avec son mari. Ananda fut une fois encore impressionné par cette démonstration d'indépendance, et jeta sur sa jeune épouse de dix-huit ans un regard empreint de respect. Bien qu'elle fût de dix ans sa cadette, il émanait d'elle une maturité qui ne cessait de le surprendre. Elle avait défié ses parents pour l'épouser, le suivait maintenant vers un endroit inconnu sans un murmure de protestation et participait dans le plus grand calme à un périple difficile voire dangereux comme si elle avait fait cela toute sa vie. Ananda se sentait même un peu intimidé par cette force tranquille et cette témérité silencieuse. Il avait

lui aussi été un rebelle dès son plus jeune âge et
avait défié un père conformiste en apprenant
l'anglais. On n'avait encore jamais vu une chose
aussi choquante et scandaleuse dans une famille
qui comptait depuis des générations des prêtres
du plus ancien temple de la ville et des pandits
spécialistes du sanskrit.

Des lettrés venaient des quatre coins de
l'Inde pour recevoir leurs conseils, et son
arrière-grand-père avait rédigé un long essai qui
faisait autorité sur les formes grammaticales du
sanskrit. Mais Ananda avait appris l'anglais et
comme si cela ne suffisait pas, il avait décidé
d'apprendre tout seul l'urdu puisque aucun
maulvi n'avait le droit de pénétrer chez eux. Son
père, rouge de honte et d'embarras, lui interdi-
sait de lire autre chose que du sanskrit, et un
après-midi où il l'avait surpris sur le toit à lire
*Le Paradis perdu* de Milton, il l'avait bruyamment rossé à coups de canne. Tout le village
s'était précipité pour assister à la flagellation
publique et fut impressionné par la façon dont le
vieil homme abattait sa canne sur le dos du
jeune garçon. « Ça finira bien par lui faire
oublier ces bêtises ! » lança le père d'Ananda,
heureux d'avoir enfin la chance de montrer sa
colère aux yeux de tous.

Cette nuit-là Ananda fit une fugue, n'emportant avec lui que ses livres en urdu et en anglais.
Il vagabondait de ville en ville, effectuait tous

les travaux de secrétariat qu'il pouvait trouver. Il fut tour à tour précepteur dans des familles aisées, traducteur de manuscrits et même souffleur dans un théâtre. Mais pendant tout ce temps, il n'eut de cesse de se perfectionner en anglais et en urdu, et un jour, ses efforts furent récompensés. Un officier britannique eut vent de ses talents et le recruta comme traducteur. A partir de là, il ne cessa de monter en grade, et aujourd'hui il était sur la route de Simla pour intégrer le bureau du commandant en chef en tant que traducteur. Il s'était arrêté en chemin à Bénarès pour rendre visite à un ami ; là, le destin s'en était mêlé et Anima était apparue sur le toit. Elle était maintenant assise derrière lui, les yeux fixés sur le paysage à couper le souffle apparu au détour d'un virage.

Anima n'avait jamais vu de montagnes et n'imaginait pas que les arbres pouvaient atteindre une telle hauteur. Elle prit une grande inspiration et s'enivra de cet air frais et parfumé. Le tonga avançait cahin-caha et les grelots tintaient doucement au cou du cheval, contrastant avec ses lourds sabots qui résonnaient sur le chemin de terre. Au fur et à mesure de leur progression, la corne du tonga ponctuant le voyage, les forêts étaient de plus en plus denses et elle ne voyait plus que quelques rayons de lumière traverser faiblement le dôme de feuillages. L'air s'était rafraîchi et Anima s'enveloppa comme elle

pouvait dans son fin sari de coton. La route semblait ne jamais finir et les montagnes reculaient
toujours plus loin. Le soleil disparut soudain
derrière un grand pic et la route prit une teinte
grisâtre dans la lumière qui déclinait. « Nous
devons nous arrêter ici pour la nuit », annonça le
conducteur du tonga, un homme à l'air sévère
dont la barbe frisottée volait au vent quand le
tonga prenait de la vitesse. Il montra du doigt
une vieille maison au toit rouge avant de disparaître dans l'obscurité. Ananda prit les choses en
main et aida tous les passagers des autres tongas
et des chars à bœufs à grimper le long de la
pente raide et glissante. La maison ne comprenait qu'une grande pièce, séparée en deux par un
paravent en bambou. Ils s'entassèrent à l'intérieur, les hommes d'un côté, les femmes et les
enfants de l'autre. Après avoir installé leurs cou-
chages sur le sol, ils s'allongèrent pour soulager
leurs dos meurtris par le voyage. Derrière la
porte, une longue caisse en bois attirait le regard.
Que pouvait-elle bien contenir ? Etait-ce un cercueil vide ? Un cercueil contenant la dépouille
d'un vieil Anglais ? Tous se posaient des questions, mais aucun n'osait les formuler à voix
haute, de peur que cela ne fasse sortir l'esprit
hors de sa boîte. Ils passèrent une nuit agitée,
perturbés par le vent qui sifflait dehors et la
caisse de bois qu'ils ne quittaient pas des yeux.
Une fois ou deux, ils entendirent un faible

grattement, et tous espéraient qu'il s'agissait d'une panthère qui rôdait dehors, et non du vieil Anglais qui aurait essayé de s'échapper du cercueil. Seul Ananda semblait indifférent à toute présence maléfique, allant même jusqu'à s'asseoir sur la caisse pour mettre ses chaussures, au grand dam des autres voyageurs. Ils quittèrent la pièce dès le lever du jour et allèrent s'asseoir le long de la route. Pas un seul ne prêtait attention au magnifique paysage trempé de rosée qui s'étalait devant leurs yeux.

Lorsque le tonga apparut enfin, ils y grimpèrent, et bientôt, au grand soulagement de tous, le cercueil fut loin derrière eux. Le cheval, frais et bien reposé, trottait d'un pas rapide, le claquement de ses sabots rompait le lourd silence des montagnes. Perchés dans les arbres, des singes au pelage argenté les observaient, et Anima aperçut un oiseau d'un bleu éclatant. Dans un des villages qu'ils traversèrent, des enfants accoururent pour voir le tonga, et une vieille femme leur apporta du thé chaud dans des tasses en terre cuite. Pour deux paisas, elle leur donna des puris croustillants et une généreuse portion de curry de pommes de terre. Puis ils reprirent la route. Le tonga avançait à un rythme lent et vacillait le long de virages dangereux. Parfois, des chats sauvages surgissaient hors de la forêt et leur lançaient un regard étincelant avant de retourner d'un bond dans l'obscurité. « Ces

chats sont tous habités par des esprits maléfiques », cria une femme dans le char à bœufs
qui fermait la marche, puis elle joignit les mains
pour prier. Puis ce fut au tour d'un chacal de se
ruer vers eux avant de s'apercevoir qu'ils
n'avaient rien à voir avec ses proies habituelles
et de s'en retourner, la queue basse, vers les
arbres. Ils voyagèrent ainsi pendant deux jours,
passant la nuit dans des huttes de village au bord
de la route, où ne les attendait aucun cercueil.
Les femmes n'avaient cessé de parler au départ
de Kalka, partageant secrets et confidences, mais
elles étaient maintenant silencieuses, fatiguées
par le voyage mais aussi par les diverses querelles qui s'étaient succédé.

Epuisés et fourbus, chaque muscle de leur
corps endolori par le voyage, ils atteignirent
Simla au moment précis où le soleil s'apprêtait à
descendre derrière les montagnes. Dès qu'Anima
posa les yeux sur les toits rouges des maisons
accrochées de guingois à flanc de colline, les
immenses déodars dont les branches pendaient
tristement, elle se sentit chez elle. La petite ville
lui semblait étrangement familière, bien qu'elle
n'y soit jamais venue, et elle connaissait ce chemin qui les menait vers le Kali Bali, l'auberge
locale qui accueillait les Bengalis en visite ou de
passage à Simla. Ananda y laissa Anima et, malgré sa fatigue, se précipita au bureau. Son effica-
cité d'antan refit immédiatement surface grâce à

175

une lourde avance sur sa paie, obtenue après de longs marchandages avec le secrétaire qui lui dit : « N'en faites pas une habitude. Le sahib n'aime pas qu'on emprunte. Il ne prête même pas son stylo. »

Ananda trouva rapidement une maison et y installa sa femme avant que les prêtres n'aient le temps de poser trop de questions sur sa famille à lui. Bien qu'Anima soit incapable d'y répondre, il avait peur que ces hommes perspicaces ne découvrent qui était son père et ne le laissent plus jamais en paix. Il lui était déjà arrivé d'être reconnu par une vieille femme qui n'avait fait qu'observer son visage. « Tu es le fils du prêtre de la famille de la sœur de ma belle-sœur », s'était-elle écriée avant de tomber à ses pieds. Ananda ne voulait surtout pas que cela se reproduise. C'est pourquoi il essayait depuis de garder ses distances avec la communauté et fut heureux de constater, après qu'ils se furent installés dans leur petite maison, qu'Anima était polie avec ses voisines mais gardait elle aussi ses distances. Les femmes du quartier, impatientes d'offrir conseils et protection à cette jeune mariée, la trouvèrent distante et froide. Les matrones de Simla ne cachèrent pas leur désapprobation et chuchotèrent entre elles qu'une aussi belle femme ne pouvait pas faire une bonne épouse et une bonne mère. « Elles n'apportent que des problèmes, celles qui sont comme ça. Vous vous souvenez de la femme de Ganesh ? Celle qui était tout aussi belle, aussi blanche qu'une memsahib, eh bien, après six ans de mariage, elle est partie avec le professeur de musique de sa fille », dit la plus ancienne des femmes de Fagli ; les autres acquiescèrent, avec une malice et une jubilation évidentes. Puis, au fil du temps, voyant qu'Anima ne montrait pas le moindre signe d'infidélité, elles se prirent d'affection pour cette fille gracieuse et silencieuse. Elles s'arrêtaient pour lui parler quand elles la croisaient, et certaines allaient jusqu'à lui demander conseil pour s'occuper de leur maison, alors qu'elle faisait partie des plus jeunes.

Les années passèrent. La Première Guerre mondiale gronda au loin puis se tut, et Simla devint bientôt une ville animée et bondée au fur et à mesure que des familles de Delhi et Calcutta venaient s'y installer. Chaque semaine, le train déversait son lot d'Européens pâles et d'Indiens basanés, et tandis que les premiers foulaient joyeusement un sol « aussi frais que le leur », les autres devaient faire la queue des heures durant et répondre à toutes sortes de questions avant de pouvoir pénétrer dans Simla. « Nom ? Nom du père ? D'où venez-vous ? Où repartez-vous ? » leur aboyait-on sèchement. La plupart des voyageurs étaient assez rapides pour répondre sans hésiter, mais ceux qui étaient trop impressionnés pour le faire étaient écartés de la queue et devaient repasser plus tard un entretien avec des instances supérieures. Une fois cette épreuve réussie, les familles restaient à Simla d'avril à septembre puis redescendaient avec le gouvernement pour passer les mois d'hiver à Delhi. Anima n'aimait pas beaucoup leur petite maison de Delhi et attendait toujours impatiemment la fin de l'hiver pour pouvoir retourner à Simla. La vie n'était jamais troublée par ces transhumances annuelles puisque toute la ville y participait. Les écoles, les magasins, les bureaux, les domestiques et même les amis faisaient eux aussi le voyage sur la route de montagne. Anima faisait ses courses à Delhi, mais marchandait et payait à Simla étant donné qu'il s'agissait du même vendeur dans les deux villes. Les brouilles et les amitiés ne s'effaçaient pas, bien au contraire, chaque voyage leur donnait un nouveau souffle. Anima et ses trois filles voyageaient maintenant par le petit train, et le trajet n'avait plus rien à voir avec l'aventure éprouvante de sa première venue à Simla.

Ananda était heureux, mais il lui manquait une chose. Anima refusait d'apprendre l'anglais. Il essayait de son mieux de la convaincre de parler cette langue si riche et si belle pour laquelle il avait abandonné sa famille et son foyer, mais elle se contentait de serrer ses jolies lèvres en une ligne fine et butée et de lui tourner le dos.

Pourquoi devrais-je apprendre l'anglais ? Avec qui le parlerais-je ? pensait-elle. Elle ne voulait rien avoir à faire avec les Britanniques qui vivaient là-haut, sur les pics de Simla, dans un monde totalement différent du sien. Anima avait entendu bon nombre d'histoires étranges sur leur compte ; ils faisaient des fêtes où les hommes et les femmes dansaient ensemble au son d'un groupe de musiciens qui n'étaient pas ceux de l'armée. Ils organisaient des choses appelées pique-nique à Anandale et jouaient à des jeux, comme les enfants, ils tapaient dans des boules en bois avec de petits marteaux. Ils montaient à cheval, même les femmes, et galopaient sur les chemins des collines où les piétons devaient s'écarter pour les laisser passer. Anima avait été surprise une fois par un cavalier de ce genre, et après avoir perdu l'équilibre, elle s'était retrouvée dans le ruisseau. La dame avait posé pied à terre pour lui tendre une main secourable, mais Anima s'était cachée derrière un déodar jusqu'à ce que la dame se fût éloignée en marmonnant : « C'est bizarre… j'étais presque sûre… d'avoir vu… » Les femmes de Fagli obtenaient toutes ces informations non de leurs taciturnes maris qui travaillaient pour les Blancs, mais par un vieux shawl-wallah qui vendait ses articles aux memsahibs. Il décrivait en détail les Anglaises et leurs maisons avec une théâtralité et un enthousiasme qui laissaient son public ébahi, et dépeignait un tableau si fantastique et irréel qu'Anima le prenait pour un menteur. Mais un jour, alors qu'elle s'écartait pour laisser passer des rickshaws qui transportaient des dames anglaises, elle vit les visages de poupée blancs et roses, les nuages de rubans et de soie, sentit les parfums entêtants et commença à croire aux histoires du shawl-wallah.

Anima ne trouvait pas seulement que les Anglais étaient étranges, ils lui faisaient peur. Un jour, le collègue d'Ananda, un jeune homme bien portant et souriant, décida de le raccompagner jusque chez lui. Il était même entré dans la maison, pour la plus grande joie d'Ananda. Mais Anima était restée cachée derrière la porte de la cuisine jusqu'à ce qu'il soit parti. Ananda avait été très déçu et vexé, mais il n'en avait rien dit à sa femme. C'est peu de temps après cet incident que le fantôme anglais fit son apparition et commença à suivre Anima partout. Elle sentit sa présence pour la première fois un soir qu'elle s'en revenait du grand magasin. Il avait commencé à bruiner. Elle décida de couper à travers la forêt de déodars et s'écarta de la route principale qu'elle prenait habituellement. Le sentier était humide et les branches balayaient le sol. Tout était si calme qu'elle entendait les gouttes tomber des feuilles. Même ses pas lui semblaient résonner plus fort que d'habitude. Anima n'était pas d'une nature nerveuse, mais quelque chose

180

dans l'air la poussa à accélérer le pas. Puis, derrière elle, de façon imperceptible, le son d'un
autre pas se fit entendre. Elle ne se retourna pas,
mais son cœur battait de plus en plus vite. Elle
courait presque maintenant. Les pas semblèrent
se rapprocher, et une voix murmura « Edna ».
Anima se retourna brusquement, mais elle ne vit
que les branches des déodars qui touchaient le
sol. Le sentier qui longeait la colline était calme,
elle était seule. Ça doit être le vent, se dit-elle,
les yeux fixés devant elle. « Edna, mon amour…
reviens-moi… » dit à nouveau la voix, d'un ton
plus maussade.

Agrippant le bord de son sari, elle courut
aussi vite qu'elle le put. Elle ne s'arrêta pas
avant d'avoir atteint la route principale. Elle
entendit de nouveau des voix, mais à son grand
soulagement, celles-ci parlaient en pahari. Elle
savait que tous les fantômes de Simla étaient
anglais, mais elle se sentit bien mieux quand elle
vit apparaître quatre porteurs paharis qui descendaient la colline. Elle leur demanda s'ils avaient
entendu l'étrange voix eux aussi, mais ils répondirent que non, qu'ils discutaient entre eux :
« Les fantômes ne s'adressent qu'aux gens
seuls », et l'un d'eux ajouta : « De toute façon, il
y a tellement de fantômes à Simla maintenant, à
chaque coin de rue. Comment les écouter tous ?
Ces pauvres âmes se souviennent de leur terre,
c'est pour ça qu'elles ne peuvent reposer en paix

enterrées ici », expliqua-t-il en secouant tristement la tête pendant qu'ils s'éloignaient. Anima ne parla à personne d'autre de cet incident, certaine de s'être trompée. Mais la voix s'adressa de nouveau à elle quelques jours plus tard, alors qu'elle était seule à la maison, puis continua à la hanter avec une telle constance qu'elle finit presque par s'y habituer. « Edna… Edna, s'il te plaît… » entendait-elle chaque fois qu'elle était seule. La voix la suivait dans toute la maison pendant qu'elle faisait les tâches ménagères, restait à ses côtés quand elle coupait les légumes, l'épiait quand elle faisait la cuisine, soupirait lourdement quand elle lavait le linge. Anima aurait voulu qu'elle dise autre chose que « Edna, Edna », mais son désir n'était jamais satisfait.

D'une étrange façon, la voix l'aida à ne plus avoir peur des Anglais, et elle commença à apprendre à lire et écrire dans la langue maternelle du fantôme. Un beau jour, elle demanda d'un ton ferme : « Que voulez-vous ? » dès que la voix commença sa litanie de « Edna, Edna ». Elle ne l'entendit plus jamais.

Les années passèrent. Arriva l'année 1930. Le pays traversait une crise politique pour gagner son indépendance, mais à Simla, peu de gens s'en préoccupaient. Les trois filles d'Anima avaient grandi, elles chantaient *God Save the King* tous les jours à l'école et parlaient couramment anglais avec leur père. Chose pour le moins ironique, elles ressemblaient toutes les trois à la mère d'Anima qui continuait, à sa façon à elle, de mettre sa fille en garde contre Ananda. Les filles, au physique ingrat et renfrogné, portaient sur le visage le même air maussade et fataliste et parlaient souvent sèchement à Anima, tout comme sa mère le faisait avant elles. A chaque fois qu'elles se déplaçaient en groupe, Anima fine et élégante suivie de ses trois filles courtaudes et maussades, les vieilles de Fagli ne manquaient jamais de remarquer avec un rire bruyant et agressif : « Que tes filles sont laides, Anima ! A quoi t'a servi toute ta beauté ? » Les filles n'acceptaient pas ces humiliations publiques, à tel point qu'elles finirent par refuser de marcher à côté de leur mère et lui dirent : « Ne pourrais-tu donc pas être grosse, comme toutes les autres mères ? »

La distance entre Anima et son mari augmentait elle aussi à mesure qu'il gravissait les marches de la réussite sociale et devenait officier. Anima, livrée à elle-même, s'impliqua de plus en plus dans le mouvement de libération. Elle donnait de l'argent en secret à un ami dont la maison abritait des indépendantistes qui se cachaient des autorités britanniques. Elle avait également appris à filer au rouet, mais ne travaillait que la nuit, quand toute la famille dormait profondément. Elle lisait maintenant le journal tous les jours, mais n'en comprenant pas la moitié, elle demandait des explications à ses filles qui la rabrouaient d'un haussement d'épaules. Ananda, qui avait tant voulu qu'elle apprenne l'anglais, n'était plus si enthousiaste et la regardait méchamment quand elle lui demandait la signification d'« insoumission civile ». Anima n'en abandonna pas pour autant ses lectures, elle essaya même de parler aux femmes de Fagli de ce mouvement d'indépendance qui se répandait dans le reste du pays, mais la plupart d'entre elles ne s'y intéressaient pas. « Je veux qu'on soit libres, mais je ne veux pas jeter mes saris français et ne porter que du khadi », lui lança une vieille femme. Cela mit fin à toute discussion patriotique. Il y avait tout de même une poignée de femmes pour l'écouter. Une très vieille dame aux doigts déformés par l'arthrite alla jusqu'à lui demander de lui apprendre à filer.

Un jour, Anima entendit dire que le Mahatma Gandhi, après avoir passé de longues années en prison, devait venir à Simla pour faire un discours. Ananda le savait aussi et lui dit qu'en tant que femme d'officier, elle ne devait pas s'y rendre, mais sa décision était déjà prise, elle lui désobéirait. A la tombée du jour, elle prit une guirlande de bobines de coton qu'elle avait elle-même filées, quitta la maison sans un bruit et se rendit sur la colline où devait se tenir le rassemblement. Elle était impatiente, mais triste aussi qu'aucun membre de sa famille ne l'accompagne. Elle n'avait pas voulu défier son mari, mais elle savait qu'au fond de son cœur, il voulait venir lui aussi. Elle vit tout à coup la vieille dame à qui elle avait appris à tisser sortir de sa maison et courir vers elle. « Anima, couvre ton visage, sinon nos maris risquent d'être renvoyés », chuchota-t-elle en dissimulant son visage sous son sari. Voilées comme des fantômes, elles arrivèrent là où devait avoir lieu le discours. Des policiers à cheval formaient une barrière tout autour, mais elles se glissèrent entre eux et prirent place sur le sol. Gandhi parlait d'une voix faible et calme, elle ne comprenait pas tout ce qu'il disait. Mais tout le monde l'écoutait avec une grande attention, et elle vit des larmes couler sur les joues de la plupart des gens présents. Quand il eut terminé son discours, Anima voulut se ruer vers lui pour lui donner la guirlande qu'elle avait confectionnée, mais avant même qu'elle ait pu faire un pas, la police chargea la foule. Anima agrippa la vieille dame qui avait perdu ses lunettes et l'emmena plus loin. Elles se traînèrent péniblement jusque chez elles, leurs saris déchirés et tachés de boue, mais heureuses d'avoir pu entendre parler le Mahatma Gandhi.

Ananda était éveillé, il faisait les cent pas devant la porte. Il lui tourna le dos quand elle entra dans la maison. Ils ne s'adressèrent pas la

parole pendant plusieurs jours, puis, au bout
d'une semaine, Ananda déclara une trêve en lui
offrant un sari en mousseline de soie rose. Il
le secoua nerveusement devant elle comme il
l'aurait fait avec un drapeau blanc. Le cœur
d'Anima fondit et elle accepta la paix qu'il lui
proposait avec un sourire timide. Il y avait bien
des années qu'il ne lui avait pas fait de cadeau.
Puis, brutalement, il lui avoua la raison de cette
trêve. Elle devait l'accompagner à une réception
en l'honneur d'un dignitaire anglais en visite.
Elle était prise au piège et ne pourrait pas s'en
sortir sans déclencher une véritable guerre. Ses
filles sautaient de joie et même la domestique
avait l'air impressionnée. Elles coururent
répandre la nouvelle et les vieilles de Fagli
répondirent par des cris d'envie. C'était la première fois que quelqu'un de leur connaissance
était invité par le chotta lab sahib. Ananda ne
ressentit pas le besoin d'expliquer qu'il s'agissait là d'une invitation de dernière minute parce
que le quota de visages basanés n'était pas
atteint. « Il y aura des officiers anglais et leurs
femmes, beaucoup de maharajas, de princes et
de généraux. Il se peut que le vice-roi soit présent lui aussi », dit-il, excité comme un enfant,
mais Anima restait muette. Que dirait Gandhi
s'il le savait ? se demandait-elle avec inquiétude.
Mais elle n'avait plus le choix, elle devait l'accompagner à la réception, maintenant que toute

la famille l'exhortait à y aller. Comme un animal qu'on mène à l'abattoir, elle baissa la tête et suivit docilement son mari. C'est la première et dernière fois, se jura-t-elle en revêtant le sari en mousseline de soie rose et en couvrant son cou de bijoux. Quand elle monta dans le rickshaw, Ananda en resta tout ébahi. Elle avait tout d'une memsahib, mais en cent fois plus belle avec ses longs cheveux noirs et ses yeux brillants. Même le chauffeur du rickshaw la fixa avec stupéfaction, lui qui l'avait vue plusieurs fois auparavant.

Arrivés devant le portail de la résidence, Ananda sauta du rickshaw et lui offrit son bras pour descendre, comme il avait vu son patron le faire. Anima le fixa avec surprise. « Que se passe-t-il ? murmura-t-elle avec angoisse. Une araignée est entrée dans ta chemise ? » Ananda baissa honteusement le bras et ils marchèrent côte à côte, d'un pas hésitant, sur la pelouse de l'imposante bâtisse. Aussi loin qu'elle pouvait voir, Anima n'apercevait que des silhouettes blanches chatoyantes dans des vêtements étranges qu'on aurait dit sortis de récits mythologiques. Les hommes étaient couverts de médailles et les femmes étincelaient de bijoux. L'une d'elles portait même une couronne. Anima avait déjà vu ce genre de personnes en passant devant la vitrine du photographe, dans la grand-rue, mais ceux-là étaient bien plus raides et distants. Un petit groupe d'Indiennes s'était formé dans un coin, et leurs regards affolés pouvaient laisser croire qu'elles attendaient de se faire fusiller. Aucune d'elles ne parlait un mot d'anglais et elles étaient pétrifiées à l'idée qu'une Anglaise, ou pire, un Anglais ne s'approche d'elles et ne les attaque dans cette langue qui leur était étrangère. Elles répétaient doucement les quelques mots que leurs maris les avaient forcées à mémoriser et attendaient que l'épée de Damoclès leur tombe sur la tête.

Fort heureusement pour elles, personne ne s'approcha, et quand Anima fit son entrée parmi le groupe, elles l'accueillirent avec des cris de joie hystériques. « Viens… viens, Anima, joins-toi à nous. Tu ressembles à une vraie memsahib aujourd'hui », lui dit une femme mince au maquillage prononcé tout en lui jetant un coup d'œil envieux. Elle était surprise et pas très contente de voir Anima à l'une de ces réceptions importantes où seuls les officiers les plus gradés étaient invités, et le fait qu'elle soit si élégante la rendait d'autant plus détestable. Anima regardait ses mains sans trop savoir où se mettre. Un serveur muni d'un grand plateau d'argent passa à côté d'elles, et la femme mince se pencha pour saisir un verre. « Oh, Lata, tu vas boire de leur eau ? » demandèrent les autres femmes, étonnées par ce geste imprudent. Mais Lata n'y prêta pas attention et, avec insouciance, avala une gorgée après avoir répété les mots de son mari : « Nous devons changer nous aussi avec le temps », avant d'ajouter : « Il n'y a aucun risque » pour se donner du courage. Il y avait pourtant bel et bien un risque car dès qu'elle eut terminé sa phrase, Lata réprima un cri et agrippa sa gorge. Elle roulait les yeux en tous sens et faisait des gargouillis étranges, comme si elle s'étranglait. « Oh… ooooooh… mon Dieu… je meurs », suffoqua-t-elle. Les femmes voyaient bien qu'elle avait besoin d'aide, mais ne savaient que faire. « C'est la colère des dieux », chuchota la femme d'un autre officier juste à côté d'Anima. Lata haletait, la bouche grande ouverte, l'intérieur de son corps semblait la brûler alors qu'elle secouait la tête d'un côté et de l'autre. Anima lui fit de l'air avec son sari et essuya son front qui ruisselait de sueur teintée de poudre. Elle la guida ensuite jusqu'à une rangée de chaises non loin de là et toutes deux s'assirent.

« Ce n'était pas de l'eau… c'était… ah… qu'ai-je donc fait ? » gémissait Lata d'une voix rauque. Elle respirait fort, et une odeur étrange et désagréable, comme celle des médicaments, s'échappait d'elle lorsqu'elle parlait. Anima, gênée, recula de quelques centimètres. « Je vais te chercher de l'eau », dit-elle en se levant. « Non, non, pas d'eau ! » cria Lata d'une voix hystérique et, pour une raison inconnue, en anglais. Puis soudain : « Je suis tout à fait d'accord avec vous », lança une voix d'homme derrière elles, et un grand Anglais aux épaules larges sortit des buissons. « Faut pas toucher à ça. C'est pas bon pour la santé, comme disait mon père », murmurat-il d'un ton de confidence. Son visage respirait la gentillesse et la gaieté quand il s'adressa à elles. Anima ne savait comment réagir, elle se contenta de tripoter l'ourlet de son sari. Lata était toujours assise, la tête baissée, et les autres femmes s'étaient dispersées dès que l'Anglais était apparu. Anima essayait désespérément de se souvenir de quelques mots d'anglais, mais la seule chose qui lui venait était « insoumission civile », et avant qu'elle ait pu dire quoi que ce soit, l'homme reprit la parole. « Où se cache le serveur ? Celui avec le turban. Vous l'avez vu ? » demanda-t-il en inspectant tous les recoins de la pièce, comme un homme perdu dans le désert sans la moindre goutte d'eau en vue. Son visage se fendit d'un énorme sourire quand il aperçut enfin le turban au milieu d'un groupe de personnes, non loin de là. « Ah, le ravitaillement, enfin. Excusez-moi, mesdames, je reviens dans une minute », dit-il, puis il se dirigea vers le turban à grandes enjambées, les mains avidement tendues vers l'objet de sa convoitise.

Anima le regarda avec appréhension. Elle pressentait qu'il allait droit vers la catastrophe et aurait voulu l'aider. Il y eut un bruit sourd quand sa main s'abattit sur l'épaule de l'homme enturbanné. « Un whisky… pas trop d'eau… c'est pas bon pour moi… vieux… » dit-il mais il se tut brusquement quand il s'aperçut que l'homme ne portait pas le moindre plateau et tenait une canne à pommeau doré dans ses mains. « Harold… Son Altesse, le Raja de Sabanpur… Votre Altesse… voici Lord Charwin, qui vient tout juste d'arriver… » bredouilla un vieil Anglais rougeaud d'une voix émue. Anima se détourna de la scène, horrifiée, quand l'homme qu'elle considérait maintenant comme son seul ami parmi les invités cria : « J'en suis bien content, mon vieux, mais où est donc le whisky ? »

Plus personne ne parlait, et les femmes anglaises chuchotaient entre elles, les yeux brillants d'une excitation retenue. Anima aperçut finalement Ananda et commença à s'avancer vers lui d'un pas hésitant. Mais avant qu'elle ne puisse l'approcher, un pas lourd se fit entendre derrière elle et une voix dit : « Edna, ma chère, attendez-moi. » Le cœur d'Anima s'arrêta brusquement. Elle n'avait pas entendu cette voix depuis des années et se tourna pour la saluer comme une vieille connaissance. Son sourire timide se figea quand elle vit un homme grand et gros dont la poitrine scintillait de médailles s'approcher en se dandinant. Sa tête était aussi ronde et chauve que celle d'un nourrisson et de grands yeux bleus globuleux inspectaient nerveusement la pièce à la recherche de quelqu'un. « Edna, attendez ! » cria-t-il encore, et Anima sentit son cœur se serrer. Il ne pouvait pas être son fantôme. Comment cet homme au visage poupin aurait-il pu l'être ? Son fantôme était une âme grande et sensible avec le visage de Lord Byron, dont elle avait vu le portrait dans un des livres d'anglais de ses filles. Elle oublia Ananda et fixa l'imposteur, pleine d'animosité, se sentant trahie. Puis, sortant de l'obscurité, une grande lady anglaise à la taille fine prit l'homme par le bras. « Je souhaiterais qu'à l'avenir vous évitiez de m'abandonner de la sorte avec cet homme ivre », grommela-t-elle discrètement. « Mais, Edna, je vous cherchais. Ces médailles m'étouffent », répondit l'homme, et ils s'éloignèrent ensemble parmi la foule, sans pour autant cesser de se lancer mutuellement des reproches. Anima, soulagée d'avoir retrouvé son fantôme, leur emboîta le pas dans l'espoir de tomber sur Ananda. Elle lui en voulait un peu et décida de répéter les mots qu'elle venait juste d'entendre de la bouche de la dame anglaise quand elle le verrait, elle commença donc à les traduire dans sa tête. Mais Ananda avait l'air si heureux quand elle le découvrit au milieu d'un groupe de notables, y compris l'imposteur et sa femme, qu'elle garda sa colère pour plus tard. « Rentrons maintenant », chuchota-t-elle. Mais il ne l'entendit pas et continua à écouter avidement la discussion des Anglais. Elle entendit le mot « Gandhi » et tendit l'oreille elle aussi. Elle ne parlait pas suffisamment bien anglais pour pouvoir tout comprendre, mais elle réussit quand même à déchiffrer le sens général de ce qui se disait. Le rythme de son cœur s'accéléra et elle se sentit envahie par une rage terrible. « Pas fait pour diriger... un fou », entendit-elle, et sans savoir ce qu'elle faisait, elle poussa de toutes ses forces l'homme qui venait de prononcer ces mots et courut vers le portail. Elle entendait vaguement une rumeur s'élever derrière elle mais continua à courir. Un bras lui barra la route et Anima ferma les yeux, prête à recevoir un coup de feu. Au lieu de quoi, elle entendit un froissement de soie et se sentit enveloppée dans un nuage de parfum. Elle ouvrit les yeux et vit une vieille Anglaise aux grands yeux marron qui l'observait d'un air inquiet. « Tout va bien ? Ma chère, je suis désolée pour Harold. Il perd tout savoir-vivre face à une belle femme. Je suis contente que vous lui ayez remis les idées en place. Il n'est pas près de l'oublier », dit-elle en souriant gentiment à Anima. Ses yeux se remplirent de larmes, et elle voulut expliquer à cette femme la raison de son geste, mais son anglais l'abandonna et tout ce dont elle put se souvenir fut la phrase que sa fille lui avait enseignée à la maison, « merci pour votre invitation ».

Pendant tout le trajet du retour en rickshaw, Anima garda les lèvres serrées, mais Ananda ne détachait pas son regard de ce visage, rendu encore plus beau par la clarté de la lune et par la colère qui l'habitait. Quand Anima arriva à la maison, la première chose qu'elle fit fut de déchirer son sari en mousseline de soie rose en petites bandelettes auxquelles elle mit le feu dans la cuisine. Apaisée, elle prit un bain, s'enveloppa d'un sari de coton blanc et s'installa pour filer pour la première fois devant sa famille. Ses filles la regardaient nerveusement, n'osant pas poser les questions qui leur brûlaient les lèvres. Ananda n'entra pas dans la pièce, mais il sentit la rage de sa femme le suivre à travers la maison, le rongeant comme une poignée de braises rouges. A partir de ce jour, Anima ne porta plus que des vêtements qu'elle avait tissés elle-même et ne se rendit plus à aucune réception. Ananda ne le lui proposa pas, même quand le vice-roi les invita. Puis, un beau jour, bien des années plus tard, Anima se demanda si elle allait l'accompagner à une fête. C'était le 15 août 1947.

## UNE TROP GRANDE ÉPOUSE

Que Rupbala, à l'âge de trente-quatre ans, accomplisse un pèlerinage jusqu'à la cité de Badrinath, avait été prévu par les dieux bien avant sa naissance. Tout avait commencé quand les gènes d'un ancêtre amazonien, endormis depuis des centaines d'années, s'étaient soudain réveillés en elle et avaient fait de Rupbala une femme d'un mètre soixante-quinze. Une taille inhabituelle qui n'avait pourtant rien d'extraordinaire, mais qui fit d'elle l'ennemie numéro un de son mari d'un mètre soixante dès l'instant où il posa les yeux sur elle. Ce n'était pas qu'elle fût particulièrement laide ou désagréable à regarder – ce qui aurait peut-être expliqué la haine que lui portait son époux –, elle était même plutôt jolie, avec de grands yeux de biche et de longs cheveux brillants qui lui tombaient dans le dos en cascade. Sa seule faute, considérée comme impardonnable par l'homme en question, était de mesurer quinze bons centimètres de plus que lui. Si elle ne l'avait dépassé que de trois ou quatre centimètres, les choses auraient sans doute été plus simples. Il aurait pu lui dire de ne pas se mettre à côté de lui, de se baisser un peu quand ils marchaient non loin l'un de l'autre, et leur vie commune aurait ainsi pu être différente ; Rupbala aurait fait le pèlerinage jusqu'à Badrinath après avoir vécu une vraie vie, à l'âge de soixante-dix ans, peut-être même plus tard. Mais ces quinze centimètres, qui la faisaient dominer son mari, tout en écrasant l'amour-propre de celui-ci, réduisirent en miettes la vie de Rupbala.

Le cœur de Gajanath, son époux, enflait de colère chaque fois qu'il devait lever la tête pour la regarder. Il était persuadé que les villageois se moquaient d'eux, et une fois, il entendit même un enfant rire dans la rue et dire « regarde, le mari est tout petit, et la femme ressemble à un palmier », mais quand il se retourna, prêt à sauter à la gorge du garnement, la rue était vide. Gajanath en voulait à ses parents pour cette tragédie qui portait atteinte à sa réputation et avait fait de lui un objet de risée. Comment pouvait-il, lui, fils unique du plus riche propriétaire du village, étudiant à l'université, sortir en public avec cette géante qui avançait en traînant les pieds derrière lui, le couvrait de son ombre diabolique et lui donnait l'air encore plus petit qu'il ne l'était déjà ? Ses parents savaient à quel point leur cher fils était malheureux, mais ils ne pouvaient rien y faire. Ils l'avaient marié très jeune à Rupbala quand celle-ci était encore petite et menue, et que rien ne laissait présager qu'elle deviendrait un jour cette amazone qui le dépassait. Elle était richement dotée, et ils ne voulaient pas tarder pour conclure le mariage, de peur que quelqu'un d'autre ne les devance.

Le mariage des enfants avait été interdit récemment par le gouvernement britannique, mais que savaient-ils, tous ces ronds-de-cuir, de la difficulté de trouver une femme avec une belle dot pour un garçon qui, disons-le avec tact, était loin d'être un prince charmant ? En fait, on disait au village que sa mère avait été effrayée par un taureau au moment de la naissance, et que les effets désastreux de cet événement furent visibles dès le plus jeune âge du garçon sur son visage et dans son tempérament. Gajanath avait la peau très sombre, des yeux globuleux, et sa tête était solidement enfoncée sur son corps trapu sans laisser voir le moindre centimètre de cou. Sa mâchoire inférieure était légèrement protubérante, comme s'il s'apprêtait à tout moment à contrer une offense. Son humeur s'enflammait aussi vite qu'une allumette dans l'herbe sèche, et son caractère soupe au lait était connu dans tout le village. Personne n'osait ne serait-ce que le saluer, de peur de laisser échapper quelque chose qui aurait pu lui déplaire. Ils se souvenaient tous qu'un jour, un étranger avait fait une remarque sur les plants de moutarde, il avait trouvé que ceux-ci avaient bien fleuri malgré de très petites pousses, et le garçon s'était jeté sur lui, l'avait violemment cloué au sol et lui avait mordu le bras. L'homme avait quitté le village sans intention d'y revenir, mais le garçon l'avait attendu pendant une semaine, une hache à la main.

Le jour où la famille vint chercher Rupbala, quand celle-ci eut atteint l'âge de la puberté, ils surent tout de suite qu'il y avait un problème. Atterrés, ils la regardèrent entrer en gambadant dans la pièce, aussi grande et élégante qu'une girafe, allant même jusqu'à se demander, l'espace d'un instant, si ce n'était pas une autre fille. Malheureusement, ils savaient bien qu'elle était enfant unique. Ils se gardèrent bien de montrer leur choc et leur surprise, en souvenir de tout l'argent qu'ils avaient reçu lors du mariage et qui avait depuis longtemps été dépensé. Ils se contentèrent donc de donner une tape amicale sur l'épaule svelte de Rupbala, sa tête étant bien trop loin pour qu'ils puissent l'atteindre. Ils la ramenèrent à contrecœur au village et dès qu'ils eurent atteint la maison, Gajanath, qui les attendait là, entra dans une rage si violente que tous les villageois accoururent pour ne pas en rater une miette. Il tempêtait avec furie, son corps trapu secoué de spasmes, et il roulait des yeux dont on ne distinguait plus que le blanc. Sa bouche écumait, il mordait tous ceux qui essayaient de s'approcher de lui. Il ressemblait tellement à un taureau à ce moment précis, qu'un animal qui broutait non loin de là beugla joyeusement en réponse à ses cris. Mais comme on ne pouvait plus rien changer à la situation, le père emmena sa belle-fille loin du regard de son fils et attendit que les choses s'arrangent. Cela faisait maintenant cinq ans que Rupbala était entrée dans leur foyer, en se cognant la tête dans l'encadrement de la petite porte, et malgré tout ce temps passé en sa compagnie, son mari la détestait toujours avec la même intensité. Sa haine augmentait même de jour en jour, entretenue par le fait que Rupbala semblait continuer à grandir. Tout le monde lui disait que c'était impossible puisqu'elle avait maintenant vingt et un ans, mais Gajanath la voyait grandir sous ses yeux. Il faisait très attention à ne jamais aller nulle part en sa compagnie et à ne jamais marcher à ses côtés. Sa seule présence déclenchait une telle colère chez ce petit homme trapu de trente-deux ans qu'elle faisait apparaître des plaques rouges sur son visage et gonfler les veines de son front. Le taureau avait maintenant l'air calme et gentil en comparaison de cet énergumène. Au cours de ces cinq dernières années, il n'avait pas une seule fois adressé la parole à sa femme et ne l'avait pas touchée non plus. Elle ne comprenait pas pourquoi il la rejetait ainsi, et

faisait tout son possible pour gagner son affection. Elle apprit à cuisiner ses plats préférés
auprès de sa belle-mère, lavait ses vêtements,
balayait et nettoyait sa chambre, était attentive
au moindre de ses déplacements dans la maison
au cas où il aurait eu besoin de quoi que ce soit,
mais malgré tous ses efforts, tout ce qu'elle recevait en retour était un grognement irrité ou un
coup d'œil méprisant.

Elle se rendit bientôt à l'évidence, la seule
façon de le rendre heureux était de rester hors de
sa vue, c'est pourquoi elle prit la décision de se
cacher chaque fois qu'elle entendait le bruit de
ses pas. Elle continua malgré tout à prendre soin
de lui, attentive à sa moindre demande, mais
sans jamais se montrer. C'était une vie bien
triste et bien solitaire. Rupbala se demandait
souvent ce qui l'avait amenée à endurer tout ça.
Elle passait son temps à lire des livres pieux, à
prier et à coudre des vêtements pour les enfants
pauvres du village. Sa belle-mère la traitait elle
aussi avec mépris, mais comme elle avait peur
de son mari, qui adorait Rupbala, elle n'osait
rien dire ouvertement. Elle ne cessait cependant
de grommeler en aparté. « Dieu sait ce qu'ils ont
bien pu lui donner à manger pour qu'elle soit
aussi grande qu'une montagne. C'est honteux
pour une femme d'être aussi grande », disait-elle
aux visiteurs, et Rupbala, honteuse, se recroque-
villait un peu plus dans l'ombre pour mieux se

cacher. Les années passèrent lentement, empreintes de mélancolie. Son beau-père, qui avait toujours été gentil avec elle et la protégeait de son fils, rendit son dernier souffle, et quelques mois plus tard, sa belle-mère mourut elle aussi, en se lamentant jusqu'à la fin de ne pas avoir eu de petits-enfants.

Rupbala et Gajanath étaient désormais seuls dans cette grande maison vide. Ils vivaient dans une oasis de silence oppressant au milieu du chant des oiseaux, des arbres florissants et des cris des enfants qui jouaient devant chez eux. Rupbala les regardait souvent par la fenêtre, mais elle n'osait pas sortir pour aller au village puisque son mari détestait que les gens la voient. Gajanath quant à lui ne se privait pas de sortir, il passait ses nuits dehors, ne rentrait qu'au petit matin, et Rupbala était abandonnée à son triste sort dans cette grande maison. Ils avaient eu autrefois quelques domestiques, mais ceux-là n'avaient pas supporté l'atmosphère déprimante qui régnait maintenant dans tout le foyer. « On dirait deux fantômes. Boudi reste assise en silence toute la journée. Ils me font peur. Donnez-moi une bonne vieille épouse chicaneuse quand vous voulez, au moins elle aura l'air vivante », avait conclu la dernière domestique avant de plier bagage.

Rupbala faisait maintenant tout elle-même, et un jour qu'elle essayait d'attraper un bocal sur la

201

dernière étagère, Gajanath décida de l'assassiner. La seule vue de son bras qui atteignait des endroits qu'il ne pouvait approcher que grimpé sur un escabeau l'aveugla de colère, et son cerveau torturé commença à échafauder des plans pour se débarrasser de cette sorcière que ses parents lui avaient laissée sur les bras. Il s'était mis à boire depuis la mort de son père, et ses yeux déjà injectés de sang n'étaient plus que deux points rouges enflammés. Il semblait s'être ratatiné avec l'âge, sa femme autrefois souple avait grossi, ce qui fait qu'elle était non seulement plus grande mais aussi mieux bâtie que lui. Si elle avait été d'une taille normale, j'aurais pu l'étrangler. Mais cette montagne ! Comment me débarrasser de cette montagne ? pensa-t-il, le corps secoué de tremblements de colère. Quelle quantité de poison me faudrait-il pour un si grand gabarit ? se demanda-t-il avec dégoût. Puis, alors qu'il levait son verre jusqu'à ses lèvres, il aperçut le fusil de son père accroché au mur. Son père avait gardé ce fusil chargé depuis qu'un voleur s'était introduit dans la maison et avait volé le crachoir en argent caché sous son lit pendant qu'il dormait. « Je vais lui tirer dessus, à cet éléphant. » L'excitation lui fit presque renverser son verre de liqueur. « Je vais la tuer avec le fusil de papa. C'est lui qui m'a ramené ce monstre, alors c'est avec son fusil que je vais me débarrasser d'elle. »

Au même moment, Rupbala vaquait à ses occupations dans la cuisine, sans savoir que son assassinat se préparait. Comme tous les soirs, elle servit la nourriture sur une assiette, et après l'avoir posée devant la porte de son mari, s'en fut prendre son repas puis se coucher. Gajanath attendit que la lune soit haute dans le ciel, posa son verre puis se dirigea en titubant vers le mur où était accroché le fusil. Il tendit le bras pour le décrocher du clou, mais il était trop petit pour l'atteindre. Avec force jurons, il tira une chaise jusqu'au mur. « Tout a été fait pour des géants dans cette maison », grogna-t-il en grimpant sur la chaise, dans un équilibre précaire. Au moment précis où ses doigts se fermaient sur la crosse, le pied de la vieille chaise céda sous son poids et il tomba en faisant un bruit de tous les diables. Toute la maison résonna du bruit de sa chute. Rupbala accourut. « Qu'est-ce que c'est ? Que se passe-t-il ? » demanda-t-elle, tout en prenant garde de ne pas se montrer. Gajanath était affalé à même le sol, la sueur dégoulinait sur son front écarlate. Il l'essuya du dos de la main avec colère. Puis il ramassa le fusil qui était tombé avec lui. « Je vais te tuer, espèce de sorcière effrontée », bredouilla-t-il en se levant. Rupbala eut un mouvement de recul. Gajanath tituba dans sa direction.

« Non, s'il te plaît, ne fais pas ça. Je ne t'ai jamais fait de mal. Ne me tue pas, le supplia-t-elle.

— Tu m'as humilié, tu m'as tourné en ridicule ! » hurla Gajanath, essayant désespérément de fixer son regard sur sa victime.

Rupbala, habituée à se cacher pour se protéger du courroux de son mari, disparut dans l'obscurité. Cela ne fit qu'augmenter la colère de Gajanath, et il se jeta en avant à l'aveuglette. Son pied se prit dans une chaise, il trébucha. Le fusil lui échappa des mains pour atterrir aux pieds de Rupbala. Elle le fixa avec terreur, puis son instinct, sûrement hérité lui aussi de l'ancêtre amazonien à qui elle devait sa taille, se réveilla. Bondissant sur le fusil, elle s'en empara. « Recule… ou… ou je te tue », dit-elle, surprise par le ton de sa propre voix. « Recule », répéta-t-elle avant d'ajouter « s'il te plaît, je t'en supplie… »

Malgré tout, cet homme restait son mari. Elle ne pouvait pas le tuer. Gajanath roulait maintenant des yeux avec une telle violence qu'ils semblaient sortir de leurs orbites, et il grognait comme un tigre blessé et pris au piège. Il donna un coup de pied dans la chaise pour la pousser hors de son chemin, mais il ne sentait plus sa force et son coup n'était pas assez précis, la chaise heurta la porte et fit tomber la tringle à rideau. Rupbala était pétrifiée. Son mari luttait maintenant pour s'extirper des plis d'un lourd rideau de velours. Elle l'entendait qui l'insultait d'une voix étouffée par le tissu pendant qu'il essayait vainement de se sortir de là. Tout à coup, il se jeta sur elle, toujours empêtré dans le rideau, ne laissant entrevoir que son visage, ses yeux étincelants de rage. Rupbala tendit le fusil devant elle comme un bouclier et Gajanath, persuadé qu'il s'agissait de son bras, le tira de toutes ses forces. L'explosion secoua toute la maison, Rupbala se cacha le visage dans les mains. Paralysée par la peur, elle ne bougea pas d'un cil. Lorsqu'elle ouvrit enfin les yeux, elle vit du sang s'écouler sous le rideau et sut qu'elle avait tué son mari. Plus un son ne s'échappait de l'enchevêtrement de tissu, et Rupbala n'osait pas toucher à cette masse inerte à ses pieds.

Elle ne pensait qu'à une chose : fuir loin de ce rouleau de velours sanglant qui renfermait son défunt mari. Rupbala se força à reprendre ses esprits. Elle savait qu'elle devait partir avant que le jour se lève. Il fallait qu'elle parte dès maintenant, car quelqu'un pouvait avoir entendu le coup de feu et venir voir. Elle courut dans sa chambre, empaqueta quelques vêtements, récupéra le sac de bijoux qu'elle gardait caché sous son matelas et, après avoir joint les mains devant les images des dieux, de ses défunts parents et beaux-parents, elle s'enfuit dans la nuit noire. Elle progressa dans l'obscurité en prenant soin de ramper à travers les champs de blé jusqu'à ce qu'elle ait dépassé les limites du village. Il n'y avait maintenant plus aucun risque de croiser un villageois qui l'aurait reconnue. Quand le soleil commença à se lever, elle trouva une place dans un char à bœufs qui allait jusqu'à la ville la plus proche. Heureusement, elle avait caché quelques roupies dans l'ourlet de son sari. Cela lui permit de payer le transport et même de s'offrir une tasse de thé. Arrivée en ville, elle vendit sa chaîne en or et s'acheta un sari blanc. Elle trouva un endroit isolé au bord de la rivière, et là, elle brisa les bracelets de verre rouge qu'elle avait toujours portés, se coupa les cheveux avec une lame de rasoir rouillée, se vêtit de blanc et se déclara officiellement veuve. Elle n'avait que trente et un ans. Elle alla s'asseoir sur les marches d'un temple non loin de la rivière et pria. C'est alors qu'elle se mit en quête de la paix intérieure. Elle alla de cette petite ville à Allahabad, puis à Bénarès, à Mathura et enfin à Hardwar. Elle vendit tous ses bijoux, et quand l'argent fut épuisé, elle vécut d'aumônes.

Où qu'elle aille, peu importait le temps qu'elle passait à prier, Rupbala ne voyait plus que le dernier souffle de son mari. Il venait régulièrement hanter ses rêves, enveloppé de son linceul de velours. Seuls ses yeux injectés de sang brillaient comme des braises ardentes. « Grande… sorcière… fille du démon… » criait-il d'une voix étouffée. Quelquefois, dans la journée, elle le sentait rôder derrière son épaule, mais quand elle se retournait brusquement, il n'y avait personne. Rupbala priait tous les jours, en demandant aux dieux de la pardonner. Elle jeûnait les jours pieux et donnait le peu qu'elle avait aux nécessiteux, mais l'esprit de son mari ne la quittait pas. Elle devint maigre et émaciée. Son corps se voûta, ce qui aurait réjoui son mari au plus haut point s'il avait pu la voir. Ses yeux brillaient désormais d'une foi sans faille et ses mains s'agitaient sans cesse. « Pénitence, vous devez faire pénitence », lui dit le guru de l'ashram de Hardwar où elle avait passé quelque temps. « Allez à Badrinath. Là-bas vous trouverez la paix que vous recherchez. Priez aux pieds du Seigneur et l'âme de votre mari sera enfin libérée. »

Rupbala n'hésita pas une seconde. Elle rencontra un groupe de veuves qui allaient jusqu'à Badrinath, leur proposa sa compagnie, et elles acceptèrent. « Elle a l'air folle, mais elle est grande. Elle pourra nous être utile sur les routes de montagne », lança la chef du groupe, une femme joviale aux joues bien rondes, répondant au nom de Bela.

Elles partirent tôt un matin, accompagnées d'un petit homme à l'air renfrogné qui devait être un vieux domestique. Les trois femmes portaient toutes du blanc, comme Rupbala, mais ne ressemblaient pas aux autres veuves qu'elle avait rencontrées jusque-là au cours de ses pérégrinations dans différentes villes religieuses. Ces femmes avaient un air gai qu'elle n'avait vu sur le visage d'aucune autre veuve. Elles mâchaient du paan à longueur de journée, parlaient et riaient fort, et proféraient des mots étranges quand elles trébuchaient sur une pierre ou que le domestique faisait une chose de travers. La chef, Bela, devait avoir la cinquantaine, et les deux autres, dont Rupbala ne connaissait pas le nom (elles éclatèrent de rire quand elle le leur demanda et lui dirent « appelle-nous comme tu veux, ma sœur »), étaient plus jeunes. Il y avait beaucoup d'autres groupes qui faisaient ce pèlerinage, mais Rupbala choisit celui-ci parce qu'elles ne lui posèrent aucune question et l'acceptèrent immédiatement comme l'une des leurs. Peut-être ont-elles aussi commis un crime et s'en vont-elles demander le pardon de Vishnu, pensa Rupbala, et la vision épouvantable de trois maris assassinés surgit dans son esprit. Elle accéléra le pas. Le chemin était étroit et couvert de pierres, mais à force d'avoir été foulé par les croyants, la surface en était douce et les cailloux arrondis.

Les pèlerins suivaient la rivière, et Rupbala les entendait crier « Jai Badrivishal… jai » au-dessus du grondement de l'eau. Ils marchaient doucement, mais à un rythme régulier. Ils ne pouvaient avancer que l'un derrière l'autre sur l'étroit chemin, les mules les suivaient, chargées de leurs possessions. Rupbala n'avait apporté avec elle qu'un petit balluchon contenant deux saris, mais les autres femmes avaient des quantités incroyables de bagages. En plus de leurs affaires personnelles, il y avait des huiles, des savons, des vêtements, des boîtes de paan et d'autres choses encore qui excédaient largement les limites de ce à quoi une veuve ordinaire avait droit, selon Rupbala; elles avaient aussi de gros sacs pleins de vêtements à donner aux nécessiteux sur le trajet, et une pile d'ustensiles de cuisine qui s'entrechoquaient à chaque pas de la mule. Celle-ci portait aussi les rations de riz et de dal, les parapluies, les tapis tressés et les oreillers. Un grand sac de tissu rouge qui contenait les livres de prière et les perles de rudraksha était séparé des biens de ce monde, et le domestique, Ganesh, était souvent réprimandé pour avoir laissé les deux sacs se toucher.

Le sentier était de plus en plus escarpé et des rochers saillants leur rendaient la route encore plus difficile. Rupbala devait se baisser pour éviter les branches et elle trébuchait souvent. « Fais attention, ma sœur, ou la rivière va te ramener là d'où tu viens! » lui lança Bela en riant, et elle tendit le bras pour l'aider à reprendre son équilibre. Elles marchèrent jusqu'au coucher du soleil, et quand le chemin eut disparu dans l'obscurité, elles s'installèrent sous un énorme rocher. On envoya immédiatement le domestique chercher du bois. Quand il revint, il montra en grommelant les égratignures sur ses bras, mais les femmes se contentèrent de rire et de lui ordonner de faire à manger. Il se pencha sur la marmite bouillonnante en marmonnant avec colère comme une sorcière occupée à concocter des potions démoniaques. Rupbala s'installa un peu à l'écart pour manger le riz desséché qu'elle avait emporté, mais les femmes insistèrent pour qu'elle partage avec elles le repas confectionné par le domestique. « Tous tes péchés seront bientôt lavés, alors pourquoi ne mangerais-tu pas avec nous ? » lui dit mystérieusement l'une d'entre elles. Qui sont ces femmes ? se demanda encore une fois Rupbala alors qu'elle savourait les délicieux légumes épicés après des années d'un régime composé uniquement de riz bouilli. On étala les tapis sur le sol, et les femmes, épuisées par le long voyage, s'endormirent aussitôt. Mais Rupbala resta longtemps les yeux fixés sur le plafond sombre de la grotte. Elle entendait les chacals hurler au loin, et la rivière qui luisait sous la lune argentée semblait s'être calmée, son flot était plus lent. Des petites chauves-souris entraient et sortaient de la grotte ; Rupbala observait leurs formes triangulaires surgir de l'obscurité. Comme d'habitude, le visage de son mari enveloppé dans son linceul apparut devant ses yeux. Elle poussa un long soupir puis s'endormit.

Le soleil n'était pas encore levé quand le petit groupe s'ébranla le lendemain matin. Un léger brouillard flottait dans l'air et le chemin semblait jouer à cache-cache avec eux. Il grimpait de plus en plus haut comme des volutes de fumée ; les femmes marchaient plus lentement que la veille. Elles faisaient des pauses régulières, et après avoir repris leur souffle, repartaient. La rivière avait retrouvé sa force, elle grognait en contrebas, soulevait des vagues et les écrasait contre de gros rochers. « Ne regardez pas en bas », leur ordonna le porteur qui guidait la mule. Rupbala regarda droit devant elle et avança malgré la peur qui faisait trembler ses genoux. Pour ne rien arranger, le domestique se mit à leur conter de terribles histoires qu'il avait entendues de la bouche d'autres pèlerins. « Une femme, veuve comme vous, est tombée d'ici même. Ils l'ont retrouvée à Hardwar. Ils ont dû faire la crémation là-bas. Heureusement, toute la famille était déjà là, ça leur a économisé un voyage », dit-il avec un sourire de satisfaction qu'il n'avait pas laissé paraître une seule fois depuis qu'ils avaient quitté Hardwar. Il conserva cette humeur joviale jusqu'à ce qu'ils arrivent à la grotte où ils devaient passer la nuit, et quand les chacals se mirent à hurler, il se mit à raconter des histoires d'animaux sauvages. « Il y a ici des ours qui n'attaquent que les femmes. Parfois, il y a aussi des panthères, mais si elles voient un homme, elles s'en vont », dit-il en leur servant le repas. Il était sur le point de commencer une autre histoire quand Bela lui ordonna de se taire. Le vieil homme, vexé, sortit de la grotte pour aller s'installer devant l'entrée mais avant de partir, il balaya la grotte d'un regard inquiet, comme s'il pouvait voir quelque chose qu'elles ne voyaient pas. Les femmes ne purent trouver le sommeil, malgré la fatigue et la douleur qui lancinait leurs jambes. « Dormez, je vais monter la garde », dit Rupbala d'un ton compatissant. Ses mots semblèrent les soulager et après avoir bruyamment récité leurs prières, elles sombrèrent dans un profond sommeil.

Bientôt, la grotte résonna de leurs légers ronflements, Rupbala s'assit et observa le jeu de la lumière sur les murs. Elle pensa à sa vie passée et se demanda comment celle-ci se serait déroulée si elle avait été plus petite. Peut-être qu'elle aurait des enfants et serait très occupée à les élever. Leurs terres familiales avaient presque toutes été vendues pour payer les dettes, mais le peu qui en restait aurait été suffisant pour son fils. Elle l'imaginait, courant dans les champs, copie conforme de son père, mais le visage illuminé d'un grand sourire, chose qu'elle n'avait jamais vue sur celui de son mari. Soudain, un tintement de clochette attira son oreille, le son venait de la cheville de la plus jeune des veuves, et Rupbala aperçut un bracelet avant que son pied ne disparaisse sous la couverture. Elle en fut abasourdie. Aucune veuve ne devait porter de bracelet de cheville ou de bijou quelconque. Rupbala comprit soudain qu'elle faisait route avec des filles de bazar, et non avec des veuves respectables. Des danseuses peut-être, en tout cas autrefois car elles étaient bien trop vieilles aujourd'hui. Elle scruta leurs visages, et dans la lumière tamisée du clair de lune, les vit différemment. Leurs saris blancs se transformèrent en tenues de soie brillante, et elles étaient là, allongées, couvertes de boucles d'oreilles, de bracelets, de chaînes de cheville, de colliers, d'anneaux et de bien d'autres ornements que Rupbala imaginait portés par des danseuses pour plaire à leurs protecteurs. C'était donc là leur péché. Quoi qu'il en soit, le mien est bien plus grave, pensa-t-elle sans pouvoir retenir un léger sentiment de fierté. Elle décida de marcher bien plus rapidement qu'elles le lendemain et de ne plus accepter une miette de leur nourriture bien trop riche. « Je suis sûre qu'elles mangent même des oignons et de l'ail. »

Elle ferma les yeux et essaya de dormir, elle avait oublié sa promesse de surveiller les alentours. Comme d'habitude, son mari apparut, enveloppé dans les plis du rideau, mais il était cette fois accompagné des trois femmes qui dansaient autour du tas de tissu informe. Rupbala regarda le mirage se jouer derrière ses paupières et s'apprêtait à se laisser emporter par le sommeil quand elle entendit un grognement. Elle savait que cela ne provenait pas du rêve, son mari n'avait encore jamais émis un tel bruit au cours des cinq années où il était apparu derrière ses paupières chaque fois qu'elle fermait les yeux. Rupbala ouvrit les yeux et essaya de percer l'obscurité. La lune était dissimulée derrière une fine bande de nuages, et la rivière avait pris la teinte de l'argent fondu. Tout à coup, une énorme silhouette se dessina à l'entrée de la grotte. Elle poussa un grognement et s'assit. Rupbala pensa d'abord qu'il s'agissait d'un pèlerin égaré qui cherchait un abri pour la nuit. Comme il est grand ! fut la première chose qu'elle se dit. Peut-être n'a-t-il pas de maison lui non plus. « Es-tu perdu, mon ami ? Il y a une autre grotte à côté où tu pourras dormir. Il n'y a que des femmes ici », dit-elle d'une voix douce. La silhouette ne semblait pas comprendre ce qu'elle disait et fouillait dans les bagages, ramassait les boîtes et les reniflait une à une. Elle poussa un énorme grognement et leva deux bras poilus dans les airs. Un ours ! Le cœur de Rupbala s'arrêta de battre. L'animal se mit à lécher une casserole vide, ses griffes faisaient un bruit horrible au contact du métal. Rupbala le regarda en silence, elle n'osait plus respirer. Le domestique avait dit que les ours n'étaient effrayés que par les hommes, elle avait peur qu'il ne la voie et l'attaque. Puis elle se souvint qu'elle était aussi grande qu'un homme, son mari l'avait toujours dit. « C'est un homme, ça, pas ma femme. » Rupbala rassembla tout son courage et se leva. Elle attrapa un parapluie et l'abattit de toutes ses forces sur la tête de l'ours. Elle le rata d'une bonne distance, mais percuta violemment la boîte à paan. Il y eut un tel fracas que Rupbala eut l'impression que ses oreilles éclataient. Le bruit ricocha sur toutes les parois de la grotte, l'emplit d'un écho terrifiant, et des cailloux se détachèrent du plafond. Les femmes se réveillèrent en hurlant, mais l'ours avait disparu depuis longtemps. Heureuse et triomphante pour la première fois de sa vie, Rupbala courut voir où son ennemi était tombé. Mais il n'y avait plus trace de l'animal. Un mouvement dans les buissons la fit se retourner, elle s'en approcha sans crainte, avide de bataille. « O Seigneur... sauvez-moi... je ne tricherai plus... sauvez-moi... j'arrêterai le tabac... le jeu... sauvez-moi... pitié... » Quelqu'un gémissait, Rupbala poussa les branches. Ganesh était là, recroquevillé, tout tremblant. Il avait couvert sa tête de feuilles, Rupbala tendit le bras pour les lui enlever. « Oh nooooon... je suis une femme... rien qu'une femme... » murmurait-il, la tête cachée dans les feuillages. « C'est moi... Rupbala. L'ours est parti. » Ganesh se redressa, puis bondit hors des buissons et se jeta à ses pieds. « Tu es une déesse ! Tu m'as sauvé la vie ! » Rupbala se sentit flattée par cette gratitude mais ne voulut rien en laisser voir.

Elle le repoussa d'un geste de la main et retourna dans la grotte. « Qu'est-ce que c'était ? » s'empressèrent de lui demander les femmes, les yeux exorbités de peur. « Oh rien, un ours. Je l'ai chassé. » Pendant que ses compagnes s'étranglaient d'effroi et d'admiration, elle se tourna vers le mur et s'endormit le sourire aux lèvres. L'image de son mari, impressionné peut-être par cette démonstration de courage, s'évanouit pour ne plus jamais se montrer.

Le lendemain matin, dès le réveil, elle demanda aux femmes qui elles étaient. Elles semblèrent d'abord hésiter à révéler leur histoire, mais comme Rupbala menaçait de ne plus marcher à leurs côtés, elles finirent par tout lui raconter. « Nous étions les danseuses du Raja de Janigarh. Nous lui avons été amenées de Bénarès quand nous n'étions que des fillettes. Nous sommes maintenant vieilles et ne dansons plus, mais comme le Raja nous aimait bien, il n'a pas voulu nous renvoyer. Il nous a donné une petite maison à côté du palais et nous a autorisées à chanter des chants religieux au temple. L'année dernière, le Raja est mort, alors nous avons abandonné nos beaux vêtements et nos bijoux, rasé nos cheveux et sommes venues prier pour la paix de son âme, expliqua Bela.

— Ne nous abandonne pas, ma sœur, tu nous as sauvé la vie. Nous ne sommes pas de mauvaises femmes, seulement des chanteuses et des danseuses, comme nos mères avant nous, et désormais nous ne chantons plus qu'à la gloire du dieu Krishna », lui dit la plus jeune, dont le bracelet de cheville avait livré le secret. Rupbala, qui n'aimait pas marcher seule, refusa d'abord, pour sauver les apparences, puis finit par accepter et elles reprirent la route toutes ensemble.

Le chemin était maintenant dangereusement escarpé le long de la montagne qu'il gravissait. D'un côté, la rivière grondait en contrebas, fouettant violemment les rochers qui osaient lui barrer la route, de l'autre, les pierres saillantes formaient un mur. Le sentier était parfois si étroit que Rupbala ne pouvait y poser qu'un pied à la fois. Elles marchaient très lentement, essoufflées par l'effort, et personne ne parlait. Ganesh se traînait derrière elles, un râle ponctuant chacun de ses pas. A chaque fois que Rupbala se retournait, son regard croisait celui de Ganesh qui l'implorait en silence de garder son secret. Rupbala savourait la sensation de force que lui avait inspirée la lutte contre l'ours, et marchait le dos bien droit, comme elle le faisait des années plus tôt chez son mari. Les autres pèlerins qu'ils croisaient en chemin la regardaient avec étonnement comme s'il s'agissait d'une créature de la montagne, et même Bela la traitait avec plus de respect.

Le sentier était de plus en plus étroit, caillouteux et difficile, ce qui rendait leur avancée d'autant plus périlleuse. Il arrivait que des petits graviers dévalent la pente au-dessus d'eux, et s'ils ne s'écartaient pas prestement, ils risquaient de les recevoir sur la tête. « C'est à cause de la route qu'ils construisent pour les voitures. Ça met la montagne en colère », murmura Ganesh. « Si vous voulez vous approcher du Seigneur, il faut marcher. A quoi cela sert-il d'y aller en train, en voiture ou en moto ? Badri Maharaj est plein de bonté, mais je peux vous assurer qu'il répondra en priorité aux demandes de ceux qui sont venus à pied avant d'écouter ceux qui sont venus en voiture », annonçait-il à tous ceux qui croisaient sa route. Le sentier devenait encore plus pénible quand il pleuvait, mais la plupart du temps, le ciel était d'un bleu pur et de petits nuages flottaient au-dessus de leurs têtes. Il semblait à Rupbala que les nuages de Hardwar l'accompagnaient jusqu'à Badrinath.

Plus ils montaient et plus l'air fraîchissait ; Rupbala s'était enveloppée dans ses deux saris. Bela et ses sœurs commencèrent à distribuer les vêtements aux nombreux sages qui méditaient sur des rochers au bord du chemin. Ils recevaient l'offrande en silence et se contentaient de hocher la tête. Cependant, un homme dont les cheveux

218

tombaient en cascade sur les épaules et qui méditait à l'écart vociféra après les femmes dès qu'il les aperçut. « Allez-vous-en, femmes démoniaques, partez, n'approchez pas ! » cria-t-il, le poing levé, les yeux fermés. Les femmes détalèrent mais laissèrent malgré tout deux dhotis à côté de lui. Rupbala le vit ramasser les vêtements et les inspecter attentivement dès qu'elles eurent dépassé le virage. « Comment nous a-t-il reconnues les yeux fermés ? demanda la plus jeune d'une voix pleine d'admiration.

— Ça doit être à cause de ton bracelet de cheville, imbécile, répondit sèchement sa sœur.

— Pourquoi ? C'est peut-être aussi l'odeur du zarda dans ton paan, rétorqua la première.

— Les vieilles habitudes sont tenaces », murmura Ganesh derrière elles. Il baissa honteusement le regard quand Rupbala se retourna vers lui.

Les sœurs furent plus prudentes par la suite, elles ne donnèrent les vêtements qu'après avoir bien observé les hommes. « Il faut qu'ils soient très pauvres et maigres. Je n'aime pas ceux qui sont trop bien portants. Un sage ne devrait jamais être gros », énonça Bela avec fermeté tout en passant à côté de plusieurs hommes qui regardaient avec envie son ballot de vêtements neufs. Elles nourrissaient aussi les mendiants, et si elles rencontraient un pèlerin perdu et suffisamment émacié, elles lui donnaient de l'argent sans hésiter.

« Les dieux nous ont tant donné, nous devons le partager », expliqua Bela à Rupbala, mais quand sa sœur lui demanda du paan, elle le cacha d'un geste vif en disant : « Pourquoi n'as-tu pas apporté le tien ? »

Les femmes se disputaient, chantaient des chants de dévotion et bavardaient avec les autres pèlerins. Il leur arrivait aussi de pleurer bruyamment en se frappant la poitrine. « Quel homme exceptionnel était le Raja ! Apportez-lui la paix ! O dieu Badrivishal ! », et Rupbala se mit elle aussi à pleurer. Elle se souvint de l'expression de colère sur le visage de son mari juste avant que le rideau ne le recouvre, et ses gémissements de veuve redoublèrent d'intensité. Les femmes, impressionnées, lui jetèrent des coups d'œil furtifs.

Le chemin était maintenant très abrupt et elles retombèrent dans le silence. Elles marchèrent ainsi pendant quinze jours. Leurs visages brûlés par le soleil et leurs cheveux emmêlés leur donnaient l'apparence de sages. L'orteil de Rupbala avait viré au bleu, l'ongle était sur le point de tomber. Ses pieds étaient couverts d'entailles à cause des cailloux pointus qui jalonnaient le sentier, son visage était marqué par la fatigue. Mais elles continuaient à avancer, s'enorgueillissant de leurs souffrances respectives. Quand l'ongle de Rupbala finit par tomber, le visage des autres femmes révéla un profond sentiment d'envie, elles scrutèrent leurs propres pieds à la recherche d'une blessure. « Les dieux voient notre souffrance, ils nous récompenseront en retour », dit Bela avec un sourire suffisant quand elle s'écorcha la main sur une épine. Les plantes sauvages proliféraient le long du chemin. Quand Rupbala levait la tête, elle apercevait les hauts pics rocheux. Pour la première fois de sa vie, elle se sentait petite. Les grands déodars, les chutes d'eau dévalant les pentes vertigineuses, les énormes rochers qui bordaient la rivière, et par-dessus tout les immenses montagnes couvertes de neige, tout cela avait été créé pour un peuple de géants, bien plus grands qu'elle. C'est ici que j'aurais dû naître. Personne n'aurait été offensé par ma taille, se dit-elle.

Après encore quelques heures d'ascension éprouvante, les membres perclus de douleurs, elles atteignirent enfin leur destination. Elles entendaient au loin les cloches qui sonnaient dans le temple et accélérèrent le pas autant que le leur permettait le petit sentier sinueux. Le temple paraissait proche, mais elles n'arrivèrent à Badrinath qu'à la tombée de la nuit. Rupbala voyait briller les lampes dans la faible lueur de la lune, et du temple provenait le son d'une conque qui semblait l'appeler à la prière. Elle se mit à courir droit devant elle, et quand elle se pencha pour toucher de son front la première marche, elle poussa un soupir et s'évanouit.

Rupbala resta inconsciente et malade pendant plusieurs jours, mais elle survécut. Les vieilles danseuses l'avaient veillée et soignée pendant son long cauchemar, et même maintenant qu'elle allait mieux, elles la regardaient avec inquiétude comme elles l'auraient fait avec leur enfant. « Mange encore un peu. Tu es si pâle », elles la cajolaient à tour de rôle et se disputaient sur le choix de la nourriture à lui donner. Même Ganesh rôdait près d'elle, lui demandait si elle avait besoin de quelque chose, mais disparaissait dès que Bela lui ordonnait de faire une corvée. Rupbala se rendit compte qu'elles vivaient dans un petit ermitage non loin du temple, elle entendait le doux son des gongs. Quand elle eut repris des forces, les femmes l'emmenèrent voir la divinité. Rupbala s'assit sur les marches et pria longtemps. La foule la bousculait, certains la prenaient pour une mendiante et lui jetaient des pièces, mais elle resta assise, les yeux fermés, plongée dans une profonde méditation. Les prêtres lui demandèrent de l'argent à plusieurs reprises mais elle les ignora et ils s'en allèrent en grommelant : « Les veuves sont trop futées de nos jours. » Elle venait au temple à l'aube, s'installait sur les marches et priait jusqu'au soir. C'était son moment préféré de la journée, quand l'air embaumait l'encens, puis on allumait les lampes et la conque résonnait. Les chants religieux, dont elle ne comprenait pas un traître mot, l'apaisaient.

Au fil des jours, elle oublia sa vie passée, et le souvenir sombre et effrayant de la mort de son mari s'estompa peu à peu. Maintenant, quand elle fermait les yeux, elle ne voyait plus son gros visage renfrogné que de temps en temps. « Donne-moi, Ma, donne-moi un anna et tu auras ta place au paradis. Un anna pour toi, deux pour ton défunt mari, trois annas pour tes parents et quatre annas pour les autres », lui murmura une voix mielleuse, comme pour partager un secret avec elle. Rupbala ouvrit les yeux et aperçut un jeune prêtre assis à côté d'elle qui la regardait. Elle ne l'avait encore jamais vu ; il était trop chétif pour être un prêtre expérimenté, mais il y avait de la sagesse dans ses yeux à demi fermés. Elle était à Badrinath depuis bientôt un mois et priait toujours seule. Elle était maintenant tentée par l'idée de donner un anna à ce prêtre, au cas où ses prières ne seraient pas suffisantes pour lui obtenir une place au paradis. Puis elle se dit, pourquoi ne pas y joindre le reste de la famille ? Ils pourraient tous être sauvés ensemble. Rupbala était sur le point de lui parler quand elle se souvint qu'elle n'avait pas d'argent. Même pas un anna pour sauver son âme à elle. Elle secoua tristement la tête et s'en alla. Le prêtre sembla comprendre et ne lui demanda plus la moindre offrande.

Rupbala décida de gagner suffisamment d'argent pour que sa famille ait sa place au paradis. Je suis ici, alors c'est mon devoir, se dit-elle. Bela et ses sœurs étaient déjà parties, mais même si elles avaient encore été là, elle ne leur aurait pas demandé d'argent. Qui sait ce qui pourrait se passer si elle utilisait de l'argent souillé pour les prières ? Peut-être que le dieu enverrait toute la famille en enfer pour danser et chanter jusqu'à la fin des temps, se dit-elle, le front traversé par une ride d'inquiétude. Non, je vais faire la vaisselle et balayer le sol ; ils me donneront un anna en échange. C'est tout ce dont j'ai besoin. Elle commença à travailler dès le lendemain, et après quelques mois, elle avait gagné six annas pour son salut. Mais elle ne revit pas le jeune prêtre au regard si sage et elle ne faisait pas confiance aux plus âgés qui se dandinaient, le ventre en avant. Elle continua donc à travailler et repoussa la cérémonie du salut à plus tard. Une année passa, Rupbala faisait toujours la vaisselle et le ménage à l'ermitage. Elle avait oublié la raison qui l'avait poussée à travailler. Elle avait l'impression d'être née pour accomplir ces tâches. Elle s'y était habituée. Elle prit l'initiative de nettoyer aussi les marches du temple et les polissait tant qu'elles brillaient comme de l'argent. Quelle grande femme ! Elle doit faire partie d'une caste de guerriers, pensa le prêtre, et il l'autorisa à nettoyer aussi les pièces extérieures. Il n'était pas facile de trouver quelqu'un pour le faire, et qui plus est, elle ne demandait qu'un anna. Elle se mit aussi à vendre des fleurs et des feuilles aux pèlerins pour la prière, elle faisait payer les plus riches mais les donnait aux pauvres.

Un jour où elle ramassait les pétales de fleurs pour les déposer sous l'arbre, elle vit un homme trapu grimper les marches du temple. Elle s'arrêta en plein travail et s'immobilisa. Son cœur battait la chamade. Comment était-ce possible ? Etait-elle devenue folle, ou le dieu la punissait-il pour ses péchés ? L'homme s'approcha et s'assit en râlant. Son visage était tourné à l'opposé, mais elle savait qu'il s'agissait de son défunt mari. Qui d'autre aurait pu exprimer tant de ressentiment en un simple grognement ? Ses jambes flageolèrent, mais elle se força à avancer. « Voulez-vous des fleurs ? » demanda-t-elle, la voix réduite à un souffle. Il se tourna vers elle mais ses yeux semblaient couverts d'un voile à cause de la cataracte. Il ne la reconnut pas. C'est alors qu'elle s'aperçut qu'il n'avait qu'un bras. Toute une série de pensées horribles lui traversèrent l'esprit pendant les quelques secondes où elle resta là devant lui. Puis une femme vint vers eux. « Ah, te voilà ! Combien de fois t'ai-je déjà dit de ne pas marcher si vite, de rester derrière moi ? Tu es sourd en plus d'être aveugle ? » Elle l'invectivait d'une voix aiguë. Rupbala fut stupéfaite de voir Gajanath baisser la tête sans rien dire. Qu'est-il arrivé à toute cette colère qui l'habitait ? se demanda-t-elle. Puis ils se levèrent et s'en allèrent, Gajanath prenant bien soin de marcher deux pas derrière sa femme. Rupbala l'entendit dire : « Tu donnais de l'argent à la grande mendiante, hein ? Idiot ! Tu gaspilles l'argent ! »

Rupbala voulut l'appeler mais ne le fit pas. A quoi cela servirait-il maintenant ? se dit-elle en les regardant s'éloigner. La femme était si petite que Gajanath, même avec sa posture de bossu recroquevillé, avait l'air d'un géant à côté. Il arrive que les dieux réalisent vos souhaits, mais on ne peut quand même pas tout avoir, se dit-elle, puis elle rit. Elle sut qu'elle était enfin libre et laissa la quiétude de Badrinath la submerger à nouveau.

## LA VIE DANS UN PALAIS

Quand le mari de Gita disparut une nuit, discrètement, ne laissant derrière lui qu'une courte
lettre disant qu'il renonçait à la vie pour devenir
un sage, elle décida elle aussi de partir. « Je vais
aller à Nagpur et y trouver un travail », dit-elle,
prenant ainsi une décision pour la première fois
de sa vie. Son entourage, composé d'une belle-
mère acariâtre et dominatrice, de parents tout
aussi agressifs, de deux beaux-frères prétentieux
et de deux sœurs exigeantes, s'y opposa d'une
seule et même voix. « Que vont dire les gens ? »
fut leur première réaction, suivie de : « Sommes-
nous des misérables pour que tu doives ainsi travailler ? » C'était bien la première fois que
famille et belle-famille s'accordaient sur un
même point et elles formèrent une tornade
déchaînée. Gita fut sermonnée, houspillée et
même menacée de mourir de faim si elle men-
tionnait encore une fois son envie de quitter la
maison. Gita laissa leur colère s'apaiser, et
quand leur opposition commença à se fissurer et

que leurs anciennes vendettas reprirent le dessus, elle s'échappa discrètement de la maison, un soir, tout comme l'avait fait son mari.

N'emportant avec elle qu'un petit sac de vêtements et deux vieux billets de cent roupies qu'elle avait trouvés parmi les quelques biens matériels abandonnés par son époux, Gita alla jusqu'à la gare et acheta un billet pour Nagpur. Face au guichetier, sa voix n'était plus qu'un murmure et ses genoux flageolaient tellement qu'elle dut se tenir au guichet de bois pour ne pas défaillir. Elle ne cessait de jeter des coups d'œil nerveux par-dessus son épaule, persuadée que d'un instant à l'autre ses beaux-frères allaient surgir et se jeter sur elle. Chacune des voix qu'elle entendait autour d'elle semblait appartenir à l'un d'eux, elle fut même persuadée de voir son père s'approcher du guichet, mais quand l'homme en question se fit bousculer par un autre passager pressé, elle poussa un soupir de soulagement ; son père ne se serait jamais laissé doubler de la sorte. Un jour où ils étaient allés à Calcutta, il était resté en travers de la porte et n'avait laissé personne monter dans le train tant que sa famille, mais aussi le reste des passagers, n'avaient pas débarqué. Les passagers, furieux, trépignaient d'impatience, mais le regard de son père avait un tel pouvoir hypnotique que personne n'avait osé pousser le vieil homme frêle sur le côté pour pouvoir monter dans le train. Gita ne voulait surtout pas croiser ce regard maintenant, parce qu'elle était consciente que, le cas échéant, elle tournerait les talons et rentrerait à la maison pour ne plus jamais en ressortir.

S'agrippant à son sac, elle prit une profonde inspiration et se jeta dans la foule comme dans un océan prêt à l'engloutir. Tous les gens semblaient savoir où ils allaient, sauf elle. Elle se mit à errer dans la gare, et tentait de rassembler suffisamment de courage pour demander sa route à quelqu'un quand elle entendit juste à côté d'elle un homme dire à sa femme : « Le Bombay Mail pour Nagpur part du quai numéro six. » Il s'agissait de son train. A partir de cet instant, Gita ne lâcha plus le couple d'une semelle lorsqu'ils fendirent la foule dense et confuse. L'espace d'une seconde, paniquée, elle crut avoir perdu ses guides, mais elle aperçut la tête de l'homme dépasser de la masse des gens et se précipita vers lui, un sourire de soulagement sur le visage. L'homme croisa son regard et tourna prestement la tête. Mais sa femme s'arrêta et Gita faillit la bousculer. « Qui est-ce ? » demanda-t-elle en jetant successivement un regard accusateur à Gita puis à son époux. L'homme pressa le pas et son visage exprimait une telle culpabilité que Gita pensa réellement, pendant quelques secondes, l'avoir déjà rencontré auparavant. Puis ils furent avalés par la foule, mais avant d'être perdus pour toujours, Gita entendit la voix aiguë de la femme crier clairement au-dessus du vacarme qui régnait dans la gare : « Un père de quatre gamins… Tu ne changeras donc jamais ? A ton âge… »

Gita décida qu'il était plus prudent de suivre un porteur. Elle courut derrière un vieux porteur qui ployait sous une montagne de bagages, et dès qu'elle l'eut rattrapé, lui demanda où était le quai numéro six. Quand il lui répondit : « Suis-moi, Didi », elle faillit presque se pendre à son bras, terrifiée à l'idée de perdre ce guide si aimable. Gita n'avait jamais voyagé seule, d'ailleurs, elle n'avait jamais rien fait seule ou de sa propre volonté. Aussi loin qu'elle s'en souvienne, il y avait toujours eu quelqu'un pour lui dire quoi faire, tandis qu'elle se contentait d'obéir gaiement. Elle n'avait jamais pris de bain chaud, car son grand-père, féru de médecine naturelle, le lui avait interdit. Elle avait appris par cœur cinquante poèmes en anglais parce que son père, grand anglophile, le lui avait demandé, mais elle ne les avait jamais récités en public pour la simple raison que sa grand-mère, femme très pieuse, lui avait demandé de ne pas parler en mlechcha ou langue barbare. Elle apprit le chant, la peinture à l'eau et le sitar car sa mère soutenait que cela l'aiderait à trouver un bon mari, mais quand elle se maria et que sa belle-mère déclara : « Aucune de mes belles-filles ne

chantera et ne dansera comme une fille de bazar »,
Gita cessa immédiatement ces activités. Elle
préparait tous les repas, bien qu'il y ait trois
domestiques dans la maison, parce que son
beau-père disait : « La place d'une bru est à la
cuisine. » Il n'y avait que son gentil mari au
regard rêveur qui ne lui demandait rien, si ce
n'est de le laisser seul pour méditer. Mais il était
parti pour toujours, et il fallait qu'elle parte elle
aussi avant qu'il ne soit trop tard. C'est pourquoi,
d'une main tremblante, elle avait saisi sa chance.
Elle était bien consciente qu'il ne serait pas
facile de commencer une nouvelle vie à quarante-
deux ans, mais elle comptait trouver aide et soutien auprès de son amie d'enfance qui habitait
Nagpur.

Pour l'instant, perdue au beau milieu de la
foule et du chaos qui régnait dans la gare, son
courage l'abandonnait et elle voulait rentrer chez
elle. Puis brusquement, quelqu'un la bouscula et
elle trébucha. Lorsqu'elle regarda à ses pieds,
son sac avait disparu. Elle essaya d'appeler au
secours, mais aucun son ne sortit de sa gorge.
Les larmes se mirent à rouler sur ses joues. Tout
ça ne serait jamais arrivé à un autre membre de
la famille. Aucun voleur n'aurait osé s'attaquer à
eux, pensa Gita. Soudain, un gros bras blanc et
flasque agrippa son épaule et la secoua.

« Tu ne peux pas faire attention ? Voilà ton
sac. Avance, jeune fille. Ne t'endors pas au

milieu de la gare. Tu attires les voleurs », lui dit son sauveur.

Gita leva des yeux emplis de larmes et à travers ce brouillard, découvrit la plus grosse mais aussi la plus belle des femmes qu'elle ait jamais vue. De grands yeux verts en amande la fixaient avec agacement, mais elle y devinait aussi un doux sourire. La dame était vêtue d'un magnifique sari de soie, mais son chemisier était déchiré sur toute la longueur de la manche. Ses oreilles étaient ornées d'énormes boucles en diamant, et sur son nez, une pierre étincelait comme une balise lumineuse. Ses cheveux étaient rassemblés en un chignon négligé dont les pinces menaçaient de tomber.

« Es-tu sourde ? Tiens, prends mon sac, tu n'as rien à porter. Et tiens-le bien », dit-elle en lui jetant un ballot de vêtements. Gita, habituée à obéir aux ordres comme un bon vieux soldat, prit le balluchon et suivit la dame jusque dans le train. Son court instant de faiblesse fut rapidement oublié, elle n'avait plus aussi peur désormais. Cette dame va me montrer où est mon siège, pensa-t-elle, heureuse de pouvoir à nouveau obéir à quelqu'un. Derrière elles, deux vieilles femmes vêtues de blanc piétinaient nerveusement. Mais la dame les repoussa en disant : « Vous allez en classe économique. Ne restez pas derrière moi. N'oubliez pas qu'on descend à Raipur. Cette fois-ci je n'irai pas vous chercher jusqu'à Nagpur ! » puis elle se hissa sur le marchepied. Dès qu'elle fut à bord du train, elle s'exclama d'une voix tonitruante : « Binu, Shanu, où êtes-vous ? » Sa voix résonnait dans tout le train et sa silhouette impressionnante empêchait quiconque de traverser le couloir où elle se dandinait. Elle entrait dans chaque compartiment, en inspectait les occupants, puis ressortait et se remettait à hurler : « Binu... Shanu... » Elles trouvèrent enfin le bon compartiment et Gita y vit deux jolies jeunes femmes couvertes de bijoux, certainement Binu et Shanu, assises dans un coin à jouer aux cartes.

Elles ne répondirent pas et ne prirent même pas la peine de lever les yeux quand la femme entra, alors qu'elles avaient pourtant dû depuis longtemps entendre ses bruyants appels répétés. « Regardez qui est là ! » lança la dame tout en exhibant Gita comme un trophée de chasse. L'une des jeunes femmes jeta un bref coup d'œil à Gita puis se replongea dans ses cartes. « Tu triches ! » cria-t-elle tout à coup, et à la force de sa voix et aux traits de son profil parfait, Gita se dit qu'il devait s'agir de la fille de la vieille dame. « Je me retourne une seule seconde et tu en profites pour prendre une carte ! Un as, en plus ! » hurla-t-elle avant de se jeter sur les longs cheveux de sa compagne de jeu. Sa victime riposta aussitôt et la frappa sur la main. Gita les observait avec effroi. Elle n'avait jamais vu d'adultes se battre de la sorte. Mais la vieille dame les ignora et se laissa choir sur le siège : « Mets les vêtements sur la malle. Et assieds-toi ici avec moi. Je suis la Rani Ma de Jussalpur. Et toi, comment t'appelles-tu ? Tu fugues de la maison ? Tu n'es pas un peu vieille pour ça ? » Elle la harcelait de questions tout en sortant des paans un à un d'une boîte en argent pour les fourrer dans sa bouche.

« Il m'a quittée… pour aller en Himalaya, répondit Gita, d'une voix inhabituellement forte après un si long silence.

— C'est toujours les mêmes qui ont de la chance, dit l'une des filles en jetant un regard amical à Gita. Mon imbécile de mari ne va même pas jusqu'au marché, il a trop peur de se perdre, ajouta-t-elle. Maintenant que tu es là, viens donc jouer aux cartes. » Sa sœur hocha vivement la tête en signe d'invitation. Gita s'installa à côté d'elle et constata qu'il s'agissait de deux sœurs jumelles, chose impossible à deviner de loin tant l'une était grosse et l'autre maigre. Mais assises côte à côte, elles étaient exactement identiques, et Gita repensa soudain à une publicité pour les pilules amaigrissantes qu'elle avait vue dans un magasin anglais. « Avant et Après », disait la légende.

« Je ne sais pas jouer aux cartes, murmura-t-elle timidement.

234

— On va t'apprendre. De toute façon, nous avons nos propres règles, dirent-elles, avant d'échanger un regard complice comme deux chats qui auraient oublié leurs querelles pour partager une souris.

— Non, non, elle ne peut pas jouer aux cartes… il faut qu'elle m'emmène aux toilettes, intervint Rani Ma avant d'agripper le bras de Gita. Vite… allons-y », haleta-t-elle, roulant des yeux et gonflant exagérément ses joues déjà énormes. Gita, paniquée à l'idée qu'il s'agissait d'une urgence, l'aida à sortir en trombe du compartiment. Mais la vieille dame voulait seulement cracher le jus du paan par la fenêtre. Puis elle poussa Gita sur le côté et se dandina jusqu'aux toilettes. « Tu restes ici. Si je suis coincée, ouvre la porte et tire-moi de là », ordonna-t-elle avant d'entrer dans les toilettes.

Gita savait qu'il s'agissait là d'une excellente opportunité d'échapper à cette folle et à ses drôles de filles et de partir à la recherche de sa place dans le train. Mais elle était tellement fascinée par la vieille Rani, envoûtée à tel point par ses étranges manières, qu'elle ne pouvait se résoudre à partir. C'était comme de quitter une salle de cinéma avant la fin d'un film passionnant. Gita voulait en savoir plus, elle voulait savoir qui était cette femme et ce qu'elle faisait exactement. Elle n'avait encore jamais ressenti ce genre de curiosité à l'égard

235

d'une personne et était même surprise par son propre comportement.

On tambourina sur la porte. Gita tourna la poignée et poussa. L'imposante silhouette de la vieille dame était coincée entre le lavabo et la porte entrouverte, exactement comme elle l'avait prédit. Ce n'était apparemment pas la première fois car elle donna des instructions précises à Gita pour que celle-ci l'aide à sortir. « Prends d'abord mes bras. Tourne mon corps. Maintenant pousse doucement la porte avec ton pied. Bien… Maintenant recule et tire plus fort. Tiens bon… » Elle aboyait les ordres tel un sergent-major. Gita obéissait aux instructions avec le sentiment d'être dans son élément. Elle tira et poussa centimètre par centimètre jusqu'à ce que la dame soit extirpée des toilettes avec un grand « pop » après s'être tortillée une dernière fois. « Eh bien, quelle aventure ! Mais enfin, pour-quoi font-ils des toilettes si petites ? Ces Anglais économisent sur tout et n'importe quoi… Ils ont toujours cru que nous étions un peuple de nains, dit-elle d'un ton agacé en se frottant le dos. A l'époque de mon père, les trains avaient des toilettes grandes comme ce compartiment. Nos domestiques voyageaient juste à côté de nous, pas à l'autre bout du train, comme maintenant. Mais nous ne sommes plus les maîtres désor-mais, et nous devons endurer les mêmes choses que vous, les gens ordinaires. Dieu sait où sont installées mes servantes », se plaignit-elle. Elles regagnèrent leur compartiment, et cette fois encore, la vieille dame s'arrêta devant chaque compartiment pour regarder à l'intérieur sans aucune gêne. « Puisque ton mari est parti pour devenir un sage, pourquoi ne viendrais-tu pas travailler pour moi ? J'ai besoin de compagnie et j'aime assez ta tête. Tu as l'air aussi bête qu'une vache, mais honnête », dit-elle en s'asseyant. Gita marmonna qu'elle voulait aller à Nagpur et y trouver du travail. « Qui va t'embaucher à ton âge ? Tu n'as même pas l'air en bonne santé, ou forte, ou intelligente. Tes beaux-parents ne te reprendront pas, et tes parents ne vont pas te garder indéfiniment chez eux. Regarde-moi, coincée à la maison avec deux filles mariées et leurs maris, des bons à rien ! » Ses filles gloussèrent bruyamment puis retournèrent à leurs cartes.

« Viens avec nous à Jussalpur ; on t'apprendra quatre-vingt-deux jeux de cartes différents, lui dit la plus mince.

— Notre père est Raja. Il s'occupe d'abeilles. Notre frère est un ivrogne, mais aussi un très bon chasseur quand il est sobre. Sa femme est une idiote avec des dents affreuses, et elle passe le plus clair de son temps dans la maison de ses parents. Nos maris sont eux aussi bêtes et inutiles, mais tu ne les verras pas souvent. Ils ont peur des gens, ils se cachent au dernier étage de la maison, expliqua la plus grosse, heureuse de décrire les joies de Jussalpur.

— Viens avec nous, tu vas adorer. Nous avons cinq bassins qui grouillent de poissons et nos vergers donnent les meilleures mangues du pays », lança Rani Ma avant de sombrer dans un sommeil lourd, considérant le silence de Gita comme un oui à sa proposition.

Les filles continuèrent à jouer aux cartes, s'interrompant de temps à autre pour se souffler des insultes à voix basse. Gita réfléchissait, confortablement installée sur son siège. C'était la première fois de toute sa vie qu'elle avait eu le courage de se libérer de l'emprise de sa famille. Désirait-elle réellement aller vivre avec ces étranges femmes ? Pourquoi pas ? Ce serait plus prudent que de vivre à Nagpur, où habitaient beaucoup d'autres membres de sa famille. Ils la trouveraient et s'empresseraient d'en informer ses parents. Oui, elle les suivrait et resterait avec elles pendant quelques mois, le temps que les choses se tassent. Soulagée d'avoir pris une seconde décision si rapidement, elle prit ses aises. Le train traversait une épaisse forêt, tout ce qu'elle pouvait apercevoir par la fenêtre était un mur de feuilles dorées. Même le sol était couvert de ce tapis de feuilles et aucune plante ne poussait. Elle regarda attentivement la forêt et aperçut une lueur scintiller au loin. Etait-ce un animal, ou un homme ? se demanda-elle, un peu effrayée. Qu'aurait-elle fait si elle s'était perdue dans une forêt comme celle-ci ? Elle détourna le regard en frissonnant.

Rani Ma dormait paisiblement, la tête penchée dangereusement d'un côté comme si on la lui avait tranchée, pendant que ses filles rangeaient leurs cartes pour se mettre à fouiner dans la plus grande boîte-repas à étages que Gita ait jamais vue. Binu ou Shanu (elle ne savait toujours pas qui était qui), ouvrit l'un des tiroirs et en sortit un paquet de puris. « Viens manger », chuchota-t-elle en versant du curry dans un bol. Elle ouvrit les boîtes une à une et les posa à côté d'elle. Sa sœur tendit les mains et fit rapidement glisser les en-cas vers elle. Elles se jetèrent un regard froid puis se mirent à manger à toute vitesse, elles semblaient presque faire la course. Gita voulait réveiller Rani Ma qui ronflait doucement, la tête pendante, mais sa fille souffla : « Laisse-la dormir, sinon elle mangera tout. » Gita fut choquée. Elle n'en croyait pas ses oreilles. Comment pouvaient-elles traiter leur mère de cette façon ? Elle tapota faiblement le bras de la vieille dame et murmura : « Rani Ma... prenez donc... » mais avant qu'elle ait terminé sa phrase, la vieille dame se jeta sur les puris que Gita avait dans la main et les lui arracha. D'un seul mouvement de sa grosse main munie de puris, elle essuya la totalité des plats. Puis, sous le regard abasourdi de Gita, elle termina les puris, les engloutissant quatre par quatre, et tous les currys. Ses filles firent des tentatives, mais n'eurent droit qu'à quelques miettes de puris et à de tout petits restes de currys.

Gita en avait perdu l'appétit, elle s'enfonça dans son siège pour les regarder. Il faisait déjà nuit quand elles finirent de manger, et il ne restait pas une miette de nourriture dans l'énorme boîte à compartiments. « Le problème avec ces trains, c'est que les domestiques sont trop loin, et du coup on ne peut pas emmener beaucoup de nourriture », soupira la vieille dame à la vue de la boîte vide. Elles s'endormirent immédiatement, sans même prendre la peine de nettoyer la boîte ou de ranger les ustensiles. Gita s'en chargea en silence puis se coucha sur la banquette. Elle pensait ne pas pouvoir s'endormir après cette journée qui était de loin la plus agitée qu'elle ait vécue jusqu'à ce jour, mais elle sombra dans le sommeil en quelques secondes. Quand elles s'éveillèrent, le train était presque arrivé à Raipur.

« Quel dommage, il n'y a plus rien à manger, dit Rani Ma d'un air triste.

— Va voir dans les autres compartiments, peut-être qu'ils voudront bien nous donner quelque chose », lui dit la plus grosse des filles.

Quand Gita, horrifiée, refusa d'y aller, elle y alla elle-même d'un pas nonchalant, et revint avec quatre oranges et quelques bananes. Elles les mangèrent lentement, comme pour les faire durer jusqu'à l'arrivée en gare. Il faisait toujours nuit, mais Gita apercevait des stries de lumière argentée dans le ciel. Dès que le train fut arrêté, une foule de femmes se précipitèrent dans le compartiment et se baissèrent pour toucher les pieds de Rani Ma. « Tu vas bien ? As-tu bien mangé ? Pauvre de toi, tu as dû tant souffrir ! » s'exclamèrent-elles d'un ton compatissant, faisant claquer leurs langues. Rani Ma leur tendit les bagages, demanda : « Avez-vous amené du thé ? » et sortit lentement du compartiment, comme si le train s'était arrêté pour toujours. Gita la suivit, nerveuse, en s'efforçant de ne pas trop la pousser par-derrière. D'autres domestiques les attendaient sur le quai, accompagnés de deux gardes à l'air sévère. Ils formaient une haie, et Rani Ma, suivie de ses filles et de Gita, sortit de la gare. Le contrôleur ne vérifia même pas leurs billets, il se contenta de s'incliner profondément, les mains jointes. Le jour se levait peu à peu, et la gare semblait faite de papier d'argent tant elle luisait dans la faible lumière. Deux vieilles voitures cabossées les attendaient dehors, et après un court instant de confusion dû au panier de bonbons apparu d'on ne sait où, ils partirent pour Jussalpur.

Gita prit place entre les deux sœurs qui entreprirent de débattre violemment des résultats de leur dernière partie de cartes. Le chauffeur, un vieil homme décharné, se joignit à leur bisbille, comme s'il avait assisté à la partie en question, et ne cessait de se retourner alors qu'ils roulaient sur une route couverte de nids-de-poule. Gita avait maintenant mal à la tête et se demandait si elle avait pris la bonne décision. Puis elle se souvint de sa famille et sut qu'elle ne s'était pas trompée. Ils roulaient lentement et s'arrêtaient régulièrement pour manger ce que les domestiques sortaient de boîtes. Le soleil frappait fort sur leurs têtes, la voiture bringuebalait à tel point que Gita pensait que le moteur risquait de les lâcher d'un instant à l'autre. Mais ils roulaient encore, traversaient des champs de blé vert et d'arachide, de vastes champs de terre rouge parsemés d'énormes rochers qui alternaient avec d'épaisses forêts. Après des kilomètres d'un voyage harassant, ils atteignirent enfin Jussalpur. Gita vit une petite ville pleine de minuscules maisons blanches et vertes éparpillées parmi d'immenses amoncellements de pierres et plus loin, caché derrière un rideau de végétation, le palais. Il lui sembla qu'il s'affaissait d'un côté, et elle se demanda pendant une seconde si ses yeux ne lui jouaient pas des tours. Puis Rani Ma lui dit : « Le voilà, toujours debout. Vois-tu, il y a un étang dessous, et chaque année, notre palais s'enfonce de quelques centimètres. C'est bien que tu sois venue maintenant, sinon il aurait été trop tard ! » ajouta-t-elle en riant.

Les voitures étaient comme revigorées en entrant sur leur territoire, et elles rugirent dans les étroites ruelles de la ville, le klaxon retentissant à chaque virage. Gita vit des hommes s'incliner profondément avant de détourner le regard. « Ils ne sont pas censés nous voir, expliqua Binu. Mais nous, nous les voyons », ajouta-t-elle avec un sourire espiègle. Dès qu'ils furent près du palais, une nouvelle nuée de domestiques se rua vers eux en leur criant des mots de bienvenue, toucha les pieds de Rani Ma, et dans la confusion, un perroquet apparut et se posa sur l'épaule de Rani Ma. « Ah, mon Mithu, mon fils ! Comment vas-tu ? » dit la vieille femme d'une voix douce, tandis que le perroquet lui mordillait l'oreille. « Vieux schnock, toujours vivant. Je lui ai pourtant tordu le cou des centaines de fois », cracha Shanu, le regard fixé sur l'oiseau.

Rani Ma avança le long du couloir qui traversait la maison, tout en donnant diverses instructions aux domestiques et en rouspétant gentiment. Gita ne savait pas quoi faire, Rani Ma semblait avoir oublié son existence, de sorte qu'elle ne bougea pas pendant quelques instants puis, prise de panique, la suivit. Mais entre-temps, Rani Ma avait disparu avec sa suite. Gita entendait encore sa voix, mais ne voyait plus personne. Elle parcourut le long couloir à sa recherche. Porte après porte, il n'y avait pas âme qui vive. Il n'y avait pas non plus le moindre meuble, rien que des peintures délavées sur les murs et les plafonds. Gita errait comme une somnambule à travers les pièces vides, laissant au passage des traces de doigts sur les murs couverts de poussière et de toiles d'araignées. Puis il n'y eut plus de pièces, et elle se trouva face à un immense jardin.

Il était ombragé par de grands arbres, une fontaine coulait tristement en son milieu, et une rangée de boîtes était alignée à côté. Un très vieil homme avec une très longue barbe blanche était penché au-dessus de l'une de ces boîtes et parlait à quelqu'un. « Ma reine, tu grossis ces jours-ci. Les travailleuses s'occupent bien de toi. Bien. Très bien. Mange, ma reine ! » s'exclama-t-il. Gita, convaincue qu'il s'adressait à Rani Ma, se précipita dans sa direction. Mais il n'y avait personne. Le vieil homme entendit le bruit de ses pas et se retourna brusquement. « Qui êtes-vous ? Une espionne ? C'est Rani Ma qui vous envoie, pour voler ma reine ? » lui cria-t-il. Gita se rendit compte qu'il devait s'agir de l'apiculteur, le Raja. Elle se pencha et lui toucha les pieds. Le vieil homme, effrayé, recula d'un pas. « Je croyais que vous alliez me frapper, lui dit-il en souriant timidement. Plus personne ne me touche les pieds. Je suis le Raja, pourtant, je leur dis. Jadis les

Britanniques me versaient une énorme pension. Le nouveau Raja ne me donne plus qu'une misère. Vous savez, un jour, mon père a eu droit à un salut au canon. Les gens ont dit que le coup était parti par erreur, mais c'était quand même un salut au canon. » Il avait l'air tellement déçu que Gita s'attendait à le voir éclater en sanglots. Mais il se réjouit brusquement : « Vous voulez voir ma reine ? Vous n'avez pas peur des abeilles au moins, jeune fille ? » Gita était terrorisée par tout ce qui avait des ailes depuis qu'une guêpe s'était perdue dans ses cheveux. L'insecte s'y était promené pendant des heures et personne n'osait le lui enlever. Gita avait dû mettre sa tête au-dessus de braises fumantes pour s'en débarrasser. Mais elle ne voulait pas décevoir ce vieil homme si gentil, alors elle serra les poings et le suivit jusqu'à la ruche. Les abeilles s'affairaient en bourdonnant nerveusement. Le Raja se pencha pour leur gazouiller des mots doux. Et si jamais elles s'envolaient et venaient se perdre dans sa barbe ? pensa Gita. Terrorisée, elle demeura immobile pendant quelques secondes avant de s'en aller discrètement. Le Raja ne s'était pas aperçu qu'elle était partie et chantait maintenant d'une voix étonnamment belle à ses protégées. Gita s'installa à l'ombre d'un arbre pour l'écouter. Un sentiment d'apaisement l'envahit tandis qu'elle regardait le vieil homme, elle ferma les yeux et s'endormit.

« Elle est morte ? Pourquoi Ma en a-t-elle choisi une malade cette fois-ci ? » dit une voix. Gita ouvrit les yeux et se redressa. Elle était toujours sous l'arbre, mais Raja Sahib avait disparu et un homme aux yeux rougis la fixait d'un œil torve. Une forte odeur d'alcool s'échappa de sa bouche lorsqu'il dit : « Elle est vivante, Dieu merci, je n'aurais pas supporté de cérémonie funéraire avec cette chaleur », et il repartit, sans la quitter des yeux. Gita voulait lui demander où était Rani Ma, mais avant qu'elle ait pu prononcer un mot, il trébucha sur le bord de la fontaine et s'étala de tout son long sur l'herbe. Gita étouffa un cri, mais l'homme ne dit rien et n'essaya même pas de se relever. Il se contenta de s'installer confortablement, les bras croisés derrière la tête. Le regard dans le vague, il lui dit : « Etes-vous une veuve, une fille-mère, une mauvaise femme, ou une criminelle en cavale ? Ou peut-être une espèce inconnue… Ma mère adore les nouvelles têtes. Je préfère les vieilles. Pas besoin de se souvenir de leur prénom… Ça sert à quoi les prénoms, de toute façon ? » Il releva légèrement la tête pour mieux voir Gita. « Mon nom, par exemple. Shishirdeo Bhandeo Gajapatnath Devkumar Singh. Mais comment m'appelle-t-on ? Bolu. Du gâchis. Tout simplement du gâchis. Mon nom aurait pu servir à nommer au moins quatre hommes. Comment vous appelez-vous ? » demanda-t-il en se redressant brusquement. Gita ne voulait pas lui parler. C'était un ivrogne ; elle se souvint de ce que sa sœur avait dit quand elles étaient encore dans le train. Elle demeura donc muette. « Ah, sourde et muette cette fois. La pauvre. Mais au moins, elle ne va pas jacasser à tout vent comme la précédente. C'est fou ce que cette femme pouvait parler, surtout le matin, quand je suis si sensible aux bruits. Ce n'est pas plus mal que le tigre l'ait eue, celle-là », marmonna-t-il dans un sourire. Puis il se leva tant bien que mal et s'en alla en titubant, sans cesser de rire.

Gita décida de regagner le vestibule, au cas où Rani Ma ou ses filles y seraient. Après quelques tours de la maison en vain, elle finit par trouver une domestique qui l'amena jusqu'à Rani Ma. « Je croyais que tu t'étais enfuie », dit-elle en apercevant Gita. Elle la serra dans ses bras. Puis elle lui tendit un grand bol de rabri pour qu'elle mange, se tourna vers les femmes assises à ses côtés et annonça fièrement : « C'est la nouvelle. Son mari l'a abandonnée pour devenir un sage. Je l'ai sauvée d'une bande de voleurs et amenée ici. Elle s'appelle… Comment t'appelles-tu ? » lui demanda-t-elle à voix basse. Gita donna son nom et l'assistance l'accueillit comme s'il s'agissait là de paroles très profondes. Elle fut immédiatement acceptée par l'imposant groupe de femmes qui peuplaient la maison, toutes semblaient connaître son histoire dans les moindres détails et elle recevait des regards de sympathie partout où elle allait dans le palais.

En seulement quelques jours, Gita put aisément trouver son chemin dans les couloirs du palais. Rani Ma lui témoignait une sorte d'affection distante, et bien qu'elle fût censée être sa dame de compagnie, elle ne la voyait que quelques heures dans la matinée. « Lis-moi un livre religieux, lui demandait la vieille dame, sans cesse de mâcher un paan ou de piocher dans ses énormes boîtes de bonbons. Mais pas quelque chose de trop long. La plupart de ces histoires sont sans fin. Même les dieux n'auraient pas le temps de les écouter jusqu'à la fin. » Gita lisait alors un court extrait du *Ramayana* ou du *Mahabharata*, pendant que Rani Ma écoutait d'un air distrait et jouait avec le perroquet perché sur son épaule. Il lui arrivait de se disputer avec Gita concernant la lecture, mais elle joignait ensuite rapidement les mains sur le livre et implorait le pardon divin d'une voix apeurée. Une fois son devoir religieux accompli, toutes deux s'installaient pour un énorme repas constitué de dizaines de plats différents, puis Rani Ma disparaissait pour aller s'occuper de diverses tâches mystérieuses dans la maison. Les filles restaient dans leurs chambres et jouaient aux cartes. Gita entendait fréquemment des cris et des insultes à travers la porte et elle vit même une fois voler un chausson en velours. Elle n'avait pas encore rencontré les maris timides et reclus, mais le frère, quant à lui, passait ses nuits à errer dans la maison et se cognait dans les meubles en jurant. La belle-fille aux dents de cheval était apparemment partie en visite. Gita s'asseyait tous les après-midi avec le vieil homme et chantait même parfois avec lui pour les abeilles.

Les semaines passèrent, et Gita oublia bientôt ce qu'avait pu être sa vie d'avant. Sa famille, dominatrice, exigeante et tyrannique, s'évanouissait progressivement dans le passé et Gita n'avait plus du tout envie de partir de Jussalpur pour aller chercher du travail à Nagpur. Elle n'avait pas encore reçu de salaire, mais elle n'avait pas non plus besoin d'argent. Rani Ma lui avait donné un grand nombre de saris en lui conseillant de n'en rien dire à ses filles. « Sans quoi elles vont te les voler. Cache-les. » Les filles avaient abandonné les jeux de cartes et s'étaient mises à la danse de salon. Elles avaient trouvé un gramophone et quelques vieux disques rayés dans une malle, et la musique retentissait désormais jour et nuit dans leur chambre. Le vieil appareil devait être secoué régulièrement et c'est Gita qui fut chargée de cette tâche importante. Elle devait également changer l'aiguille après chaque disque, et servir d'arbitre car les deux sœurs se battaient à chaque fois sur le choix du prochain morceau. Binu avait déjà frappé Shanu dans le dos avec une aiguille quand celle-ci avait refusé de retirer son disque. Elles apprenaient à danser d'après un livre traduit de l'anglais par quelqu'un qui n'avait pas la moindre idée de ce que pouvait être l'objectif de ces exercices farfelus. Résultat, le professeur semblait aussi perdu que ses élèves, et les sœurs, déjà handicapées par leurs physiques extrêmes et mal assortis, s'emmêlaient les pieds et se retrouvaient enchevêtrées dans des positions compliquées et difficiles à défaire. Pour ajouter à la confusion, le gramophone ralentissait parfois au beau milieu d'une chanson, et la voix haut perchée se mettait à hurler à la mort. Une fois, le son émis ressemblait à s'y méprendre au cri d'une chouette, au point que le frère qui passait par là en fut terrorisé. « Au secours, à l'aide ! » cria-t-il, puis elles entendirent un bruit sourd. Elles se précipitèrent dans le couloir et le trouvèrent allongé de tout son long. Les yeux écarquillés, il agitait les bras dans tous les sens. « Va-t'en, va-t'en ! » ne cessait-il de répéter d'une voix faible, comme si quelque chose ou quelqu'un le persécutait.

L'engouement pour la danse de salon dura un certain temps, et même Rani Ma finit par s'y intéresser. Elle mit la main sur une Anglo-Indienne qui habitait Jussalpur et la fit venir au palais pour enseigner correctement la danse à ses filles. La dame en question apparut un beau matin dans une robe blanche à volants et des gants blancs immaculés. Toute la maisonnée, sauf Raja Sahib, vint jeter un œil à la créature, et pour la première fois, Gita vit les deux gendres sortir en plein jour. Mrs Pewtin, le professeur de danse, fut escortée dans la salle de danse par Rani Ma en personne et tout le monde prit place pour regarder. Gita mit un disque sur le gramophone, qui démarra dans un grognement. « My Bonnie lives over the ocean… My Bonnie lives over the sea… » chantait-il, un peu faux d'ailleurs. « Oh bring back… Oh bring back… Bring back my Bonnie to meeee… » pendant que Mrs Pewtin virevoltait dans la pièce, tenant Binu dans ses bras. « Et un, et un… et deux », soufflait-elle d'une douce voix. Rani Ma les couvait du regard et même Shanu laissa échapper un sourire. Tout se passait bien, et Binu commençait à comprendre les pas, quand brusquement les abeilles décidèrent de se joindre aux réjouissances. Personne ne sut comment elles étaient sorties de leurs ruches et arrivées là, si loin à l'intérieur du palais. Tout ce qu'ils savaient, c'est qu'elles étaient bien là. Elles attaquèrent d'abord Mrs Pewtin, comme si elles sentaient qu'elle était une étrangère, puis, se regroupant en escadrille, elles se précipitèrent sur Binu et la piquèrent aux bras. L'énorme silhouette de Shanu se jeta sur les abeilles qui quittèrent alors la maigrichonne pour fondre sur sa sœur. Gita était piquée partout sur les mains, et les autres femmes venues pour regarder la leçon n'y échappèrent pas non plus.

Seule Rani Ma restait immobile et les abeilles l'évitaient soigneusement. Tous les autres couraient, criaient, hurlaient en secouant leurs saris et se précipitaient vers la porte. Le gramophone fut lui aussi touché par la panique, et l'aiguille se bloqua. « ... Bring back... Bring back... Bring back... » répétait-il d'une voix désespérée. Puis, ne pouvant le supporter plus longtemps, il émit un long gémissement. Il n'avait encore jamais gémi de façon si affectée. Mrs Pewtin, qui essayait jusque-là de sortir en tournant en rond, s'immobilisa. Les abeilles cessèrent elles aussi leur attaque paniquée et bourdonnèrent d'un ton surpris. Puis, accompagnées par les plaintes du gramophone, elles sortirent par la porte et disparurent aussi rapidement qu'elles étaient entrées. Mrs Pewtin mit fin à l'épisode dramatique en s'évanouissant sur le tapis. Le perroquet de Rani Ma, qui s'était assoupi pendant la panique, cria brusquement et s'envola pour se poser sur sa main gantée de blanc.

Cet incident marqua la fin de la lubie des sœurs pour la danse de salon et Rani Ma interdit toute musique anglaise dans l'enceinte du palais parce qu'elle pensait que c'était ce qui avait énervé les abeilles. « Le Raja ne leur chante que des classiques. Elles n'aiment pas les chansons anglaises et étrangères », dit-elle. Le Raja, bien entendu, n'avait pas la moindre idée de ce qui avait bien pu se passer et continuait à chantonner du bhairavi à ses protégées. On demanda à Gita d'enseigner des chansons de dévotion aux deux sœurs et un tampura prit la place du gramophone. Elles chantaient tous les matins, et Gita fut stupéfaite de la vitesse avec laquelle elles retenaient les paroles. Elle entreprit de leur parler de littérature et trouva même un recueil des poèmes de Kalidasa qu'elle leur donna à lire. Les deux filles se plongèrent dans la poésie comme une plante plonge ses racines dans la terre et, à partir de ce jour, elles se mirent à lire tout ce qu'elles pouvaient trouver dans la bibliothèque de leur père. Il y avait là des centaines de livres poussiéreux rongés par les mites et Gita remarqua qu'un certain nombre d'entre eux avaient de la valeur. Elle les dépoussiéra soigneusement avant de les reposer sur les rayonnages. Elle commença aussi à tenir la comptabilité de Rani Ma et à distribuer l'argent aux domestiques. Gita, qui avait toujours été si discrète et si timide chez elle, se retrouva en charge de ce foyer agité et elle fut stupéfaite de constater que même Rani Ma écoutait ses conseils.

Une année s'était écoulée, et Gita pensait souvent à sa famille. Elle voulait écrire à sa mère, mais ne cessait de repousser la tâche à plus tard. Un soir, elle se décida, et après que tout le monde fut couché, elle s'installa dans la bibliothèque, une feuille blanche posée devant elle. Elle ne savait pas du tout quoi écrire. Elle était en train de réfléchir quand elle entendit un gémissement. Pensant qu'il s'agissait d'un rat, elle l'ignora, mais la plainte se fit plus forte. C'était une voix humaine. Puis une autre voix se fit entendre, les mots étaient confus, bafouillés. « T'es mon... ami... Viens donc... boire un coup. » Gita reconnut la voix de Bolubana, le fils alcoolique. Elle s'empressa de se lever pour quitter la pièce avant qu'il ne la trouve. La curiosité la poussa quand même à jeter un œil à l'extérieur et elle le vit, assis sur la véranda devant la bibliothèque. Il tenait un homme décharné par le cou et le sommait de boire. « Bois, mon ami... Tu sais que j'ai pas d'amis... reste avec moi... tu veux un cigare ?... Allez, reste, mon ami... », il bredouillait plus qu'il ne parlait. « S'il vous plaît... laissez-moi partir... s'il vous plaît, sahib », geignait l'homme en essayant de se dégager de la poigne de Bolubana. Mais l'ivrogne s'agrippait à lui comme un nouveau-né s'accroche à sa mère, et l'homme tentait en vain de libérer son cou. « Je ne volerai plus jamais... s'il vous plaît... envoyez-moi en prison, appelez Rani Ma... Rani Ma... » Il s'étouffait, les yeux écarquillés de terreur. « Qui oserait envoyer mon ami en prison ? hurla Bolu en secouant violemment l'homme. Je vais les tuer ! Je suis, je suis… le prince de Jussalpur… le prince de Jussalpur. » Sa virulence et son envie de se frapper la poitrine de fierté le poussèrent à lâcher prise d'une main. Le voleur sauta sur l'occasion et se faufila pour s'arracher aux griffes de Bolu. Il se mit à courir en direction des marches. « Où… où es-tu… mon ami… si seul », cria Bolubana d'une voix désespérée, en tâtonnant dans le noir à la recherche de la gorge de son ami. Mais l'homme avait déjà disparu dans les jardins du palais. Gita l'entendit crier : « Santri… Babu… Au secours ! »

Peu après cet incident, Bolubana commença à avoir des hallucinations. Des années plus tôt, après une grande consommation d'alcool, il avait vu toutes sortes d'animaux et de créatures étranges, mais désormais, il les voyait à très grande échelle, y compris quand il était sobre. De fait, les hallucinations le traumatisaient tellement qu'il en arrêta de boire, mais elles ne cessèrent pas. Des armées de cavaliers lui fonçaient dessus, des éléphants l'empoignaient avec leur trompe et le jetaient violemment à terre, des hommes surgissaient pour le frapper de leurs épées et la terre se fissurait sous ses pieds dès qu'il se levait. Mais peu à peu, Bolubana ne fut plus du tout effrayé par ces hallucinations, il commença même à les apprécier. Il décrivait chacune d'elles avec force détails et pathos. Ses deux sœurs, sa mère, Gita et les domestiques le suivaient où qu'il aille de peur de rater une seule de ses visions. La rumeur commença à se répandre au-delà du palais et des gens vinrent des villages alentour pour le voir. De longues queues se formaient devant le portail du palais, et Rani Ma profita de cette aubaine et fit payer deux paisas à chaque visiteur. Bolubana n'avait encore jamais bénéficié d'un tel intérêt, il s'en repaissait. Même son épouse fit son apparition, curieuse d'assister aux visions contées par son mari. C'est à cette période que Gita s'aperçut qu'il mentait. Il avait probablement eu une hallucination sous l'effet de l'alcool, et depuis, il vivait sur ce fonds en l'embellissant au gré de son imagination. Mais les gens venus de villages éloignés envahissaient maintenant le palais pour voir Bolubana. Jamais Jussalpur n'avait été aussi agité et les vendeurs ambulants y faisaient prospérer leurs affaires. Tous les matins, ils le remerciaient d'une prière, « béni soit notre Bana Sahib ». Bolu, vêtu d'un peignoir de soie, apparaissait deux fois par jour sur le balcon le plus haut du palais, tel un roi médiéval, et saluait la foule. Puis il levait les yeux vers le ciel et débitait à toute allure une série d'hallucinations prétendues. Tandis que la foule soupirait d'admiration, il faisait volte-face, retournait dans sa chambre, ôtait son peignoir et reprenait son jeu de cartes.

Les hallucinations prirent fin à l'endroit précis où elles avaient commencé, exactement un an plus tard. Bolubana se leva, une nuit, parce qu'il avait soif. Hurler les détails de ses visions le fatiguait et lui asséchait la gorge. Il regrettait d'avoir arrêté de boire. Le pot à eau de sa chambre était vide, il alla sous la véranda se servir dans la grande jarre de terre. Deux yeux jaunes le fixèrent dans l'obscurité et une énorme panthère noire sauta d'un arbre et atterrit juste devant lui. « Bagh… au secours !… bagh… sur l'arbre ! » cria-t-il d'une voix tout à fait différente de celle qu'il utilisait pour s'adresser à son public. Mais les domestiques, fatigués des visions et des soi-disant êtres étranges, se rendormirent sans prêter attention aux appels de Bolubana. Heureusement pour lui, la panthère n'était pas friande de chair humaine, elle s'en retourna dans la forêt après avoir longuement contemplé cet homme tremblant et paniqué. Ce fut une vision dont Bolubana ne parla à personne, et de fait, il refusa de voir quoi que ce soit d'autre. Gita fut soulagée quand les abords du palais se vidèrent des badauds, et elle entreprit ensuite d'enseigner aux femmes du palais à lire et à écrire. Binu et Shanu l'aidèrent et persuadèrent même leurs époux de corriger les cahiers d'exercices après les cours.

Il s'était maintenant écoulé deux ans et Gita envisageait d'aller rendre visite à sa mère. Rani Ma, ses deux filles, Bolubana et même Raja Sahib se préparèrent à partir avec elle. Ils emplirent leurs malles, et Rani Ma commanda la nourriture nécessaire à leur voyage. A l'idée de voir les deux familles se rencontrer, et elle coincée au milieu, Gita se sentit paniquée. Elle changea d'avis et se contenta de leur écrire pour leur signaler que tout allait bien et qu'elle n'avait pas l'intention de revenir un jour. La vie au palais suivait son cours, lent et ponctué par des événements inattendus. L'excitation entourait à ce moment-là une perruque que Rani Ma avait commandée en Angleterre. La vieille dame avait un jour constaté en se regardant dans le miroir qu'elle devenait chauve. « C'est à cause des malédictions de Raja Sahib », insista-t-elle avant de commander une fantaisie capillaire. Les commandes avaient dû être mélangées car la boîte contenait en arrivant une perruque d'un rouge éclatant emballée dans du papier de soie. Tout le monde poussa un cri de consternation, mais Rani Ma annonça courageusement qu'elle la porterait. « Je l'ai payée très cher. Pourquoi devrais-je la laisser dans sa boîte ? » déclarat-elle afin de mettre fin à toute critique. Mais quand elle sortit de sa chambre le lendemain matin, la perruque flamboyante posée de guingois sur sa tête, tous durent réprimer un cri d'horreur. Le perroquet poussa un sifflement strident et refusa de se poser sur son épaule. Les domestiques jetaient des regards apeurés vers leur maîtresse et l'évitaient comme une sorcière. Gita n'avait pas non plus le courage de lui dire qu'elle était horrible et elle évitait son regard quand elle lui adressait la parole. Ses filles se moquaient éhontément et l'appelaient le « diable rouge » ; Bolubana, après l'avoir heurtée dans un couloir, poussa un hurlement terrible et, persuadé que les hallucinations étaient de retour, se remit à boire. Raja Sahib ne reconnut pas sa femme, il se jeta sur elle avec un marteau quand elle vint lui montrer la nouvelle perruque. Comme ils s'habituaient enfin à la nouvelle coiffure de Rani Ma, le problème fut résolu par le perroquet qui semblait avoir été le plus choqué par cette affaire. L'oiseau chipa la perruque et alla se réfugier dans un arbre avec son trophée. Après être resté là un moment, il lâcha la perruque précisément dans un nid d'écureuils, puis revint en gloussant. Le temps que Rani Ma s'en aperçoive, il était déjà trop tard. Les écureuils avaient démantelé la perruque et tapissé leur nid de fils rouges. Rani Ma s'en revint à sa bonne vieille coiffure négligée d'antan et le perroquet, arborant maintenant un air suffisant, se percha de nouveau sur son épaule.

Le palais était redevenu paisible quand, un jour, un homme demanda à voir Gita. Après que les gardes l'eurent interrogé et fouillé, il fut amené jusqu'à la véranda et présenté à Rani Ma. Toutes les femmes se précipitèrent vers les fenêtres pour voir qui il était, et même Bolubana tituba près d'elles pour inspecter l'étranger. Gita ne le reconnut pas tout de suite tant il avait maigri. En revanche, ses yeux n'avaient pas changé, ils étaient même plus rêveurs que jamais. « Je suis venu pour te ramener à la maison », dit-il d'une voix douce, le regard posé sur ses pieds. « C'est ici ma maison », répondit gentiment Gita, de peur de le blesser. Ils demeurèrent silencieux, sans savoir que dire. A la maison, tout le monde avait déjà parlé pour eux. Rani Ma sembla soudain lire dans ses pensées, elle s'avança. « Viens, fils, viens manger quelque chose. Un voyage en train, ça donne faim », dit-elle en lui offrant des bonbons qu'elle piocha dans un panier posé non loin de là. Tandis que son époux s'asseyait pour manger, le perroquet vint se poser sur son épaule comme sur celle d'un vieil ami. Gita sut qu'elle était arrivée à destination et que sa vie allait enfin pouvoir commencer.

# GLOSSAIRE

*Babu* : terme de respect pour un aîné.

*banian* : figuier indien.

*bhairavi* : autre nom de Shiva et nom d'un ancien raga; le raga est une forme mélodique qui s'incarne dans la voix et le tampura.

*berfi* : pâtisserie à base de lait concentré séché.

*bidi* : cigarette faite de tabac roulé dans une feuille séchée et liée par un fil.

*Boudi* : surnom affectueux donné à une belle-sœur.

*chapati* : galette de pâte faite de farine et d'eau.

*dacoït* : bandit de grand chemin.

*dal* : pois, lentilles et plats composés à partir de ces légumineuses.

*Dara Singh* : lutteur et acteur très populaire, originaire du Penjab.

*daroga* : représentant de l'ordre, policier.

*déodar* : arbre de la famille des cèdres que l'on trouve dans le Sud-Est asiatique.

*dhoti* : pièce de tissu blanc que les hommes portent enroulée autour de la taille.

*Didi* : surnom affectueux donné à une jeune femme.

*ghats* : larges escaliers qui permettent l'accès à la rive d'un fleuve pour pouvoir y procéder aux ablutions (ou

261

plus prosaïquement à la lessive si ce n'est pas un fleuve sacré).

**ghee** : beurre clarifié.

**Gita** : *Bhagavad-Gita*, un des principaux textes sacrés de l'hindouisme.

**hilsa** : poisson.

**kachori** : sorte de beignet épicé.

**kadamba** : *Nauclea cadamba*, arbre aux fleurs de couleur orange, parfumées.

**khadi** : coton filé et tissé à la main, symbole de l'adhésion aux principes de Gandhi.

**koel** : oiseau noir de l'hémisphère sud, à longues plumes.

**laddu** : boulette de farine de pois chiche et de ghee, sucrée et frite dans l'huile.

**Maharani** : titre donné à l'épouse d'un maharaja.

**maulvi** : titre religieux islamique honorifique.

**memsahib** : femme européenne.

**mlechcha** : barbare.

**paan** : chique de feuilles de bétel.

**pahari** : terme utilisé pour désigner les populations vivant au pied de l'Himalaya, les gens des montagnes.

**pakora** : beignet de farine de pois chiche fourré aux légumes.

**pandit** : professeur spécialisé en droit hindou ou sanskrit.

**paratha** : galette semblable à une pâte feuilletée.

**pranam** : bonjour.

**puja** : culte, offrande rituelle pratiquée au temple ou chez soi.

**puri** : beignet frit dans du beurre.

**rabri** : confiture de lait.

***Ram*** : une réincarnation du dieu Vishnu, créateur de l'univers dans la religion hindouiste.

***Raj*** : terme désignant la période de la domination britannique jusqu'à l'indépendance de l'Inde en 1947.

***rickshaw*** : véhicule léger à trois roues, tiré par un homme ou motorisé.

***rudraksha*** : graines sacrées dont le nom signifie « larmes de Shiva ».

***tampura*** : genre de luth à long manche et à quatre cordes.

***tola*** : unité de mesure traditionnelle pour l'or.

***tonga*** : carriole légère.

***shawl-wallah*** : vendeur ambulant.

***zarda*** : tabac à chiquer.

Achevé d'imprimer
sur les presses de
Liberdúplex
en Espagne

Dépôt légal : août 2009